共和国故事

举贤新篇
——全国恢复高考制度

陈秀伶 编写

吉林出版集团股份有限公司

图书在版编目（CIP）数据

举贤新篇：全国恢复高考制度/陈秀伶编. —
长春：吉林出版集团股份有限公司，2009.12
（共和国故事）
ISBN 978-7-5463-1764-9

Ⅰ．①举… Ⅱ．①陈… Ⅲ．①纪实文学-中国-当代 Ⅳ．①I25

中国版本图书馆CIP数据核字（2009）第237744号

举贤新篇——全国恢复高考制度
JUXIAN XINPIAN　　QUANGUO HUIFU GAOKAO ZHIDU

编写　陈秀伶

责任编辑　祖航　李娇　王贝尔

出版发行　吉林出版集团股份有限公司

印刷　三河市嵩川印刷有限公司

版次　2010年1月第1版	2022年1月第10次印刷
开本　710mm×1000mm　1/16	印张　8　字数　69千
书号　ISBN 978-7-5463-1764-9	定价　29.80元

社址　吉林省长春市福祉大路5788号

电话　0431-81629968

电子邮箱　tuzi8818@126.com

版权所有　翻印必究

如有印装质量问题，请寄本社退换

前　　言

　　自 1949 年 10 月 1 日中华人民共和国成立至今，新中国已走过了 60 年的风雨历程。历史是一面镜子，我们可以从多视角、多侧面对其进行解读。然而有一点是可以肯定的，那就是，半个多世纪以来，在中国共产党的领导下，中国的政治、经济、军事、外交、文化、教育、科技、社会、民生等领域，都发生了深刻的变化，中国人民站起来了，中华民族已屹立于世界民族之林。

　　60 年是短暂的，但这 60 年带给中国的却是极不平凡的。60 年的神州大地经历了沧桑巨变。从开国大典到 60 年国庆盛典，从经济战线上的三大战役到经济总量居世界第三位，从对农业、手工业、资本主义工商业的三大改造到社会主义市场经济体制的基本确立，从宜将剩勇追穷寇到建立了强大的国防军，从废除一切不平等条约到独立自主的和平外交政策，从"双百"方针到体制改革后的文化事业欣欣向荣，从扫除文盲到实施科教兴国战略建设新型国家，从翻身解放到实现小康社会，凡此种种，中国人民在每个领域无不留下发展的足迹，写就不朽的诗篇。

　　60 年的时间在历史的长河中可谓沧海一粟。其间究竟发生了些什么，怎样发生的，过程怎样，结果如何，却非人人都清楚知道的。对此，亲身经历者或可鲜活如昨，但对后来者来说却可能只是一个概念,对某段历史的记忆影像或不存在,或是模糊的。基于此,为了让年轻人,特别是青少年永远铭记共和国这段不朽的历史,我们推出了这套《共和国故事》。

《共和国故事》虽为故事,但却与戏说无关,我们不过是想借助通俗、富于感染力的文字记录这段历史。在丛书的谋篇布局上,我们尽量选取各个时代具有代表性或深具普遍意义的若干事件加以叙述,使其能反映共和国发展的全景和脉络。为了使题目的设置不至于因大而空,我们着眼于每一重大历史事件的缘起、过程、结局、时间、地点、人物等,抓住点滴和些许小事,力求通透。

历史是复杂的,事态的发展因素也是多方面的。由于叙述者的视角、文化构成不同,对事件的认知或有不足,但这不会影响我们对整个历史事件的判断和思考,至于它能否清晰地表达出我们编辑这套书的本意,那只能交给读者去评判了。

这套丛书可谓是一部书写红色记忆的读物,它对于了解共和国的历史、中国共产党的英明领导和中国人民的伟大实践都是不可或缺的。同时,这套丛书又是一套普及性读物,既针对重点阅读人群,也适宜在全民中推广。相信它必将在我国开展的全民阅读活动中发挥大的作用,成为装备中小学图书馆、农家书屋、社区书屋、机关及企事业单位职工图书室、连队图书室等的重点选择对象。

编　者
2010 年 1 月

目 录

一、恢复高考

 邓小平主持科教座谈会/002
 邓小平关注上报内参/010
 邓小平参与高考决策/019
 媒体公布恢复高考消息/024
 恢复研究生招生制度/028

二、考前准备

 中央确定百色为高考试点/032
 教育部编写复习大纲/037
 教育部采取封闭式命题/042
 高考试卷的印刷与分发/050

三、各地分考

 对高考学生进行政审/056
 各行各业支持高考/064
 他们终于走进了考场/067
 考生走进大学校园/080

四、全国统考

 教育部打破政审枷锁/092

目录

实行高考全国统一命题/095

一切为了考生/102

特殊学生走进校园/110

一、恢复高考

● 邓小平说：招生主要抓两条，第一是本人表现好，第二是择优录取。

邓小平主持科教座谈会

1977年8月4日，邓小平在北京饭店亲自主持召开科学与教育工作座谈会。

参加这次会议的有30多位老中青科学工作者和教育工作者，还有教育部、科学院和国务院政治研究室的负责人。

邓小平从第一天开会就参加讨论，以后每一次他都准时到会。在8月4日的座谈会上，邓小平说：

对上山下乡知识青年中通过自学达到了较高水平的人，要研究用什么办法、经过什么途径选拔回来。这种人成千上万，要非常注意这部分人，爱护这部分人，千方百计把他们招回来上大学或当研究生。

不要定什么名额，这样的人有多少就选多少，可以在名额之外。

大学要办得活一点。有些青年成绩好，没毕业就可以当研究生。好的班也可以全班转入研究生。

过几年后，大学要重点培养研究生。这样做，研究人员成长得快。这是个方针问题。

这样出人才会快些。我相信中国人聪明，会大量出人才的。我们太落后了。

我们自己要谦虚一点，说老实话，吹不得牛。

在座谈会的第二天，邓小平又说：

是否先解决重点大学，再解决一批重点中学，还有重点小学。坚持两条腿走路，水平比较高的，叫作重点，重点大学、中学、小学。但是不等于非重点学校就不出人才。

重点大学应当主要从重点中学招收学生。这样解决教师缺乏问题比较容易一些。重点学校的课程应当深一些。

要把好的教师放到重点学校，普遍解决有困难。教师自己要提高，才能教得深，主要靠自学。

邓小平真诚地询问与会的专家：

一年准备行不行？要把教材重新编好，按提高的标准来要求。教师的选择、调配，教学方法的准备，还有从明年开始恢复招生考试制度，这一套要研究好。

一年准备来得及吗？

邓小平的真诚感动了与会专家，启发了大家的思路和灵感，许多学者连夜赶写发言提纲，研究思考高考制度问题。

在8月6日下午，会议讨论的重点转移到高校招生这个热点问题上。

武汉大学化学系副教授查全性发言，强烈要求必须立即改进大学招生办法。查全性慷慨陈词，抨击现行招生制度的4个严重弊病：

一、埋没了人才，大批热爱科学，有培养前途的青年选不上来。

二、卡了工农子弟上大学。

三、坏了社会风气，助长了不正之风。

四、严重影响了中小学生和教师的教与学的积极性。

查全性强调，招生是保证大学教育质量的第一关。大学新生质量没有保证，其原因有二：一是中小学生质量不高，二是招生制度有问题，主要矛盾还是招生制度。

查全性呼吁：

一定要当机立断，只争朝夕，今年能办的

就不要拖到明年去办。

查全性的发言引起与会者的强烈共鸣。

吴文俊、王大珩、邹承鲁、汪猷等纷纷发言，赞同查全性的意见，建议党中央、国务院下大决心，对现行招生制度来一个大的改革，宁可今年招生晚两个月。不然，又招来20多万人，好多不合适的，浪费就大了。

专家们的意见震动了邓小平。他问坐在身边的教育部部长刘西尧：

今年就恢复高考还来得及吗？

刘西尧说："推迟半年招生，还来得及。"
邓小平听了，当场决断：

既然今年还有时间，那就坚决改嘛！把原来写的招生报告收回来，根据大家的意见重写。招生涉及下乡的几百万青年，要拿出一个办法来。今年就开始改，不要等了。

在此之前，即在1977年6月29日至7月15日，教育部在太原召开了高等学校招生工作座谈会。

这次会议在是否在高校招生中恢复入学考试的问题上，发生了争论，争论的焦点就是所谓的"两个估计"。

由于教育部负责人不敢否定"两个估计",于是在8月4日,教育部在向国务院报送的《关于全国高等学校招生工作座谈会的情况报告》和《关于一九七七年高等学校招生工作的意见》中,仍然维持了原来的"十六字"招生办法,即:

> 自愿报名,群众推荐,领导批准,学校复审。

在1977年7月,邓小平复出。他主动请缨,承担起领导科教界拨乱反正的重任。

面对重重阻力,邓小平说:

> 我可是不客气的。

此言既出,表明了他不可动摇的决心。

8月4日,即在教育部上报招生工作意见的同一天,邓小平在北京饭店召开科教工作座谈会,听取大家意见。

在座谈会上,大家纷纷揭露这种办法的弊病。有人提到清华的教育质量时说:

> 现在很多人小学毕业,补习了8个月就学大学的课程,读了3年就毕业了,根本没什么真才实学。

邓小平听到此言,当即不满地说:

那就应当叫清华中学、清华小学,不能叫大学。

教授学者们情绪激昂地纷纷讲出憋在心里多年的话,大家都主张立即恢复高考,并建议如果时间来不及可推迟当年的招生时间。

这些意见得到邓小平的支持。随后,邓小平果断地对教育部负责人说:

立即把报告追回来。

邓小平的明快果断,当即赢得了全场热烈的掌声。

在座谈会上,恢复高考前实行的统一考试、德智体全面衡量、择优录取的高等学校招生办法,得到邓小平明确的肯定。

当教育部负责人提出,开学临近,只要推迟开学,还是可以恢复高考时,邓小平果断地说:

既然如此,那就立即恢复!

在8月8日上午,科教工作座谈会即将结束时,邓

小平在《关于科学和教育工作的几点意见》的讲话中,对于"两个估计"的问题,邓小平说:

对全国教育战线17年的工作怎样估计,我看,主导方面是红线。

应当肯定17年中,绝大多数知识分子,不管科学工作者还是教育工作者,在毛泽东思想的光辉照耀下,在党的正确领导下,辛勤劳动,努力工作,取得了很大成绩。特别是教育工作者,他们的劳动更辛苦。

就知识分子的世界观改造方面来说,应该怎样估计呢?

世界观的重要表现是为谁服务。我国的知识分子绝大多数是自觉自愿地为社会主义服务的。反对社会主义的是极少数,对社会主义不那么热心的也只是一小部分。

关于高等学校招生,邓小平说:

今年就要下决心恢复从高中毕业生中直接招考学生,不要再搞群众推荐。从高中直接招生,我看可能是早出人才、早出成果的一个好办法。

自此，邓小平"八八讲话"揭开了恢复高考的序幕。

高考制度的恢复和"两个估计"的推翻，改变的不仅仅是个人的命运，对整个国家和民族来说，它意味着更深远意义的复苏和新生。

在"八八讲话"之后，以教育界为突破口，各行各业开始加快拨乱反正的步伐。

邓小平关注上报内参

1977年8月13日，根据邓小平关于改革高等学校招生制度的指示精神，教育部在北京再次召开高等学校招生工作会议。

各省、市、自治区文教办或教育局和招生办公室的负责人，国务院有关部委和少数高等学校的代表，共80余人参加这次会议。

会议开始后，首先传达邓小平"八八讲话"及其他一系列谈话精神，代表们都深受鼓舞。

但是，由于在8月12日开幕的党的十一大未能纠正原来的错误理论，在要不要废止群众推荐、恢复高考招生制度上，以及怎样看待原来前17年教育路线"两个估计"等问题上，与会人员分歧很大。

很多代表私下认为，应该恢复高考，但也有一些人总是不能从旧框框里跳出来。

这次会议上的最大的障碍和阻力，就是1971年在全国第一次教育工作会上通过的《纪要》，由于是毛泽东圈阅"同意"，并以"中共中央文件"的形式下发全国的，"推荐上大学"这种招生办法就成了金科玉律。

于是，时任人民日报社记者的穆扬，找到驻会的教育部副部长雍文涛，因为雍文涛的思想比较开放。

穆扬对雍文涛说:"照这个样子,会议开不下去,我想写个内参给中央。"

雍文涛说:"你要想写,可以写。"

于是,在9月3日下午,穆扬请6位参加过1971年全国教育会议的同志,到驻会的房间里座谈。他们整整谈了一个下午。

座谈会之后,穆扬连夜将大家的意见进行整理,并写成内参,又逐字逐句地斟酌好几遍。

至于座谈记录,穆扬也保留着。他当时想着,万一以后出什么事,还可以留着备用。

9月15日,人民日报社将穆扬写的座谈记录,以《情况汇编》的方式报送中央。题目是《全教会〈纪要〉是怎么产生的?》,全文有2600多字。

内参指出,"两个估计"至今还是调动广大教育工作者积极性的极大障碍。内参中还披露了"两个估计"出笼的背景。

在看到特刊《情况汇编》之后,在9月19日,邓小平召集教育部负责人刘西尧、雍文涛、李琦等人进行谈话。

邓小平严肃提出:

> 教育部要争取主动。你们还没有取得主动,至少说明你们胆子小,怕又跟着我犯"错误"。
>
> 你们要放手去抓,大胆去抓,要独立思考。

把问题弄清楚，该怎么办就怎么办。该自己解决的问题，自己解决。解决不了的，报告中央。

教育方面的问题成堆，必须理出个头绪来。现在群众劲头起来了，教育部不要成为阻力。

邓小平还明确指示：

招生会议要尽快结束。招生文件继续修改，尽可能简化，早点搞出来。办事要快，不要拖。

同时，邓小平明确表态，要对"两个估计"进行批判。

邓小平说：

1971年姚文元、张春桥定稿的《全国教育工作会议纪要》里，讲了所谓"两个估计"。"两个估计"是不符合实际的。怎么能把几百万、上千万知识分子一棍子打死呢？

我们现在的人才，大部分还不是17年培养出来的？对这个《纪要》要进行批判，划清是非界限。

《纪要》是毛泽东同志画了圈的。毛泽东同志画了圈，不等于说里面就没有是非问题了。

在谈话中，邓小平说：

　　你们管教育的不为广大知识分子说话，还背着"两个估计"的包袱，将来要摔筋斗的。
　　要思想解放，争取主动。过去讲错了的，再讲一下，改过来。

邓小平的谈话掷地有声，扭转了乾坤。

在《情况汇编》发出5天后，9月20日，在北京参加全国高等学校招生会议的代表得到通知，到教育部大会议室集中，听文件传达。文件内容没有提及。

听到通知后，穆扬的心里十分紧张，心想："是不是我的那个材料闯了什么大祸？"穆扬已经感到和自己写的这个内参有关。

当天，天气阴冷，还飘洒过一些细雨。人们和天气一样，每个人都表情凝重、茫然。

在教育部会议室，主持人传达了9月19日邓小平同教育部负责人的谈话。

讲话一开始，邓小平说：

　　最近《人民日报》记者找了6位参加过1971年全国教育工作会议的同志座谈，写了一份材料，讲了《全国教育工作会议纪要》产生的经过，很可以看看。

《纪要》是姚文元修改、张春桥定稿的。当时不少人对这个《纪要》有意见。《人民日报》记者写的这份材料说明了问题的真相。

一听这话，穆扬的心里松了一口气。

邓小平的这次谈话成为重要的分水岭。此后，招生工作会议的整个氛围为之大变。

在这次招生工作会议上，穆扬起草的全教会材料被传达给与会代表，并很快流传开来。

9月25日，招生工作会议结束，新的招生文件基本定稿。

在这次会议上，讨论制定了《关于1977年高等学校招生工作的意见》以及《关于高等学校招收研究生的意见》。

文件规定：

> 1977年高等学校的招生工作恢复考试，凡是工人、农民、上山下乡和回乡知识青年、复员军人、干部（年龄可放宽到30周岁）和应届毕业生，只要符合条件都可报考。
>
> 从应届高中毕业生中招收的人数约占招生总数的20%至30%。

教育部在"招生意见"中，关于政审条件写了很多很细，什么拥护共产党、走社会主义道路、参加集体劳动……把能想到的都写上了。

当把这个稿子送给邓小平时，他看了之后非常不满，连说了三个"繁琐"。邓小平把这一段全删掉，重新写了一条。

邓小平说：

你们起草的招生条件写得很难懂，太烦琐。

关于招生的条件，我改了一下。

政审，主要看本人的政治表现。政治历史清楚，热爱社会主义，热爱劳动，遵守纪律，决心为革命学习，有这几条，就可以了。

总之，招生主要抓两条：第一是本人表现好，第二是择优录取。

最后，邓小平说：

拨乱反正，语言要明确，含糊其词不行，解决不了问题。办事要快，不要拖。

在邓小平讲话之后，教育部主要负责人作了检查，并按邓小平的指示，迅速地修改"招生意见"，随后呈报国务院。

10月3日，邓小平在审阅了教育部《〈关于1977年高等学校招生工作的意见〉的请示报告》之后，致函华国锋：

> 此事较急。请审阅后，批印政治局会议讨论批准。建议近几日内开一次政治局会议，连同《红旗》杂志关于教育的评论员文章（前已送阅）一并讨论。

华国锋立即批示：

> 将上述文件印送中央政治局各同志。

在10月5日，中共中央政治局召开会议，讨论通过了全国高等学校招生文件和《红旗》杂志评论员的文章。

华国锋、叶剑英、邓小平等中央领导，还接见了出席全国招生工作会议的全体代表。

当时，参加招生文件起草工作的教育部学生司有关人员觉得，如果要考试，比方说印卷子、评卷子，总要一部分钱，全靠国家拿也是很困难的。于是就希望报名费能够定在1块钱。

经中央政治局讨论后，指出：

> 不要增加群众的负担，收五毛钱就行了。

10月7日，邓小平审阅教育部按照中共中央政治局批示修改后的文件，并批示：

> 我看可以。华主席、剑英、先念、东兴、方毅同志指示，退教育部办。

在10月12日，国务院批转了教育部《关于1977年高等学校招生工作的意见》。决定恢复应届高中毕业生直接上大学，恢复考试制度，并主要看本人的表现。

文件规定：

> 废除推荐制度，恢复文化考试，实行德、智、体全面考核，择优录取。
> 规定考生必须高中毕业或具有同等学力，恢复从应届毕业生中招生。
> 修改政审标准，贯彻"重在表现"的原则。
> 严格考试制度，抵制和反对营私舞弊、"走后门"等不正之风。

从1977年8月13日开始召开的全国高等学校招生工作会议，是新中国成立以来时间最长的一次会议，历时44天。

同时，这次会议也是中国教育史上的一次重要会议，它实现了重大的拨乱反正，并决定恢复高校招生统一考试制度。

高考制度的恢复,是教育界的一件大事,它意味着我国教育事业从此走上了正轨,为广大知识分子打开了一扇通往希望和理想的光明之窗。人们奔走相告这一喜讯,很多知识分子激动得流下了喜悦的泪水。同时也给我国四个现代化建设提供了有力的保证。

邓小平参与高考决策

1977年9月5日，时任教育部部长刘西尧在向邓小平提交的一份书面报告中提到：

因为招生涉及城乡知识青年和高中应届毕业生3000万人，招生办法又涉及一些方针政策问题，需要考虑周到，以防对当前工农业生产产生不利影响和对知识青年上山下乡引起波动。

9月6日，邓小平即致信华国锋、叶剑英、李先念、汪东兴：

招生问题很复杂。据调查，现在北京最好中学的高中毕业生，只有过去初中一年级的水平（特别是数学），所以至少百分之八十的大学生，须在社会上招考，才能保证质量。

根据邓小平的意见，在1977年招生文件中规定，凡是工人、农民、上山下乡和回乡知识青年、复员军人、干部和应届高中毕业生，符合条件的均可报考。录取比例，应届高中毕业生占招生总数的20%至30%，绝大多数生源来自社会。

有了这个政策，十年来积压的广大社会知识青年才有了上大学的机会。

本来恢复高考的特定含义，主要指恢复应届高中毕业生招生考试制度。所以，最初邓小平拍板决策恢复高考时说：

> 今年就要下决心恢复从高中毕业生中直接招考学生，不要再搞群众推荐。

但是，十年积压的数千万社会知识青年怎么办？他们应该占多大的录取比例？这是个政策问题。

对社会知识青年考大学的政策，邓小平想得十分周到。邓小平在听到有人建议把过去招生的16字方针改为"自愿报考，单位同意，统一考试，择优录取"时，邓小平就说：

> 你的十六字比较好，但第二句有点问题，比如考生很好，要报考，队里不同意，或者领导脾气坏些，不同意报考怎么办？我取你的四分之三，不要这一句。

因此，在确定的招生方针中就取消了"单位同意"这一条。

放宽招生年龄、婚姻限制的规定，为老三届学生，特别是大龄下乡青年上大学制定了特殊政策。

在 1977 年的招生文件中，规定：

> 考生年龄在二十岁左右，不超过二十五周岁，未婚。

这个规定对老三届高中学生，特别是 1966、1967 两届高中毕业生来说，无异于下了一道"禁客令"。因为此时，这两届的学生大多已经 30 岁左右，而且很多人都有了家室。

对于这一批特定年代形成的特殊群体，邓小平十分珍视。

早在 1977 年 5 月 24 日，邓小平在同王震、邓力群的谈话中就明确提出：

> 为了应急，应付现在青黄不接的状况，在一九六六年、一九六七年高中毕业的学生中采取自愿报名、严格考试、硬性抽调吸收进大学的办法，培养一批人才，这种意见好。

在科教工作座谈会上，邓小平谈到下乡知识青年的报考问题，指出：

千方百计把他们招回来上大学或当研究生。

不要定什么名额，这样的人有多少就选多少，可以在名额之外。

正是在邓小平的关怀下，高考破例为大龄知识青年开了绿灯。

在1977年的招生文件中特别规定：

对实践经验比较丰富并钻研有成绩或确有专长的，年龄可放宽到三十岁，婚否不限（要注意招收一九六六、一九六七两届高中毕业生）。

在恢复高考的政策中，还有一条特殊规定：

大龄青年，工龄到一定年限的可以带工资读书。

这条政策，为已结婚生子、拖家带口的学生解除了后顾之忧。

此外，招生政策还修改了烦琐的政审条件，实行择优录取。在1977年9月19日，邓小平对教育部的负责人方毅、刘西尧、雍文涛、李琦等人说：

> 招生主要抓两条：第一是本人表现好，第二是择优录取。

根据邓小平的指示，最后招生文件规定：招生实行德、智、体全面衡量，择优录取的原则，政审"主要看本人政治思想表现"。政治思想表现的主要依据是：

> 政治历史清楚，拥护中国共产党，热爱社会主义，热爱劳动，遵守革命纪律，决心为革命学习。

政审条件的修改，引起全社会强烈反响，被称为"招生制度进行重大改革的一项重要内容"。政审条件的改变，迅速波及征兵、招工、提干等各个方面，为帮助全党全社会解放思想，冲破思想束缚，起到开风气之先河的作用。

邓小平决策恢复高考的另一个重大意义，就是这个决策为中国社会主义改革开放和现代化建设培养了一批承前启后、继往开来的高素质人才。

1977、1978两届共录取68万名大学新生。这其中，大多数是有理想、有才华的知识青年。这批人后来成为改革开放各领域的骨干和社会的中坚力量，并在以后的四个现代化建设中发挥了重要作用。

媒体公布恢复高考消息

1977年10月21日,《人民日报》在头版显要位置,刊发新华社消息:《高等学校招生进行重大改革》。

消息称:

> 录取学生时,将优先保证重点院校。医学院校、师范院校和农业院校,将分别注意招收表现好的赤脚医生、民办教师和农业科技积极分子。
>
> 将注意招收少数民族学生,并注意招收一定数量的台湾省籍青年、港澳青年和归国华侨青年。

同时,《人民日报》在头版发表《搞好大学招生是全国人民的希望》的社论。

社论说:

> 高等学校的招生工作,直接关系大学培养人才的质量,影响中小学教育,涉及各行各业和千家万户,是一件大事。各级党委必须重视招生工作,切实加强领导。
>
> 我们要把这次招生的过程,变成动员广大知识青年和在校学生更积极、更自觉地为革命

学文化，走又红又专道路的过程。

为了保证招生质量，必须坚持德、智、体全面衡量，择优录取的原则。

文化考试，是考查学生政治理论、文化水平的重要方法之一，是择优录取的主要依据之一，一定要抓好。

在10月21日这天，中央人民广播电台也通过电波，把这一爆炸性的好消息，传遍祖国的大江南北，四面八方。

1977年的时候，插队知青刘洪声已经在句容农村当了7年的代课教师。

刘洪声平时养成了早起晨练习惯，在21日这天早晨，刘洪声在第一时间内，从村里高音喇叭播放的中央人民广播电台新闻节目中，获得了恢复高考的特大喜讯。

刘洪声立即一路奔跑着，将这个重大的消息向一起插队的同学们传播。

而史国栋是从学校一位同事那里听到这个消息的，起初他第一反应是持怀疑的态度。待消息得到确证后，史国栋顿时产生一种"春天突然来临"的舒畅感觉。

史国栋说，心灵受到了非常强烈的震撼。并且，他暗下决心，自己一定要考上大学，圆他曾经的大学梦。

姜启时也是在21日这一天，在新闻联播时间，听着屋檐下的有线广播播送的国务院、教育部关于在全国恢复高等院校入学考试的通知。

姜启时屏声静气，一字不落地听完广播，才相信这一切都是真的。

招生，主要看本人的政治表现。政治历史清楚，热爱社会主义，热爱劳动，遵守纪律……第一是本人表现好，第二是择优录取。

一、劳动知识青年可以报名，应届高中毕业生也可以报名。

二、具有高中毕业的文化程度才可以报名，而且必须通过入学考试。

三、政治审查主要看本人表现，破除"唯成分论"。

四、德智体全面考核，择优录取。

这就是1977年恢复高考的主要应试条件。

姜启时简直不敢相信自己的耳朵，因为这一切在久违了10年之后突然来临，就跟做梦一样。

恢复高考的消息，通过国家各大媒体发布之后，一下子搅动了整个中国，搅动了天下学子的心灵。

消息在中国飞快地传播着，带给无数在过去一段时间里没机会的青年，尤其给身在农村的青年们一个巨大的希望，人们的命运和试卷再次联系起来，一个通过公平竞争改变自己命运的时代到来了。

姜启时是个"老三届",恢复高考这个消息,令他兴奋、激动,他仿佛听到了那熟悉的琅琅读书声,看到了久违的桌椅板凳。

全国人民,尤其是一个时期以来被严重耽误了前程的几代青年,受到了极大鼓舞,他们踊跃报名。当时报名要求参加高考的青年,年龄参差不齐。

姜启时已结婚,29岁,有一儿一女。他的妹妹是应届高中毕业生,年龄只有16岁。

这个高考制度给青年人的机会都是均等的,而不是看各项条件怎么样。恢复高考给每一个人平等竞争的权利,一下子让人们看到了希望。姜启时兄妹先后报名参加高考。

对于众多考生来说,十年废学,"知识越多越可耻"的观念,已深深植入不少人的精神深处,要让他们进行这样的考试,并非易事。

10年间,他们的手上,过早被镰刀和工厂的机器打满了老茧,对于考卷,对于知识,很明显是一种非常陌生的事物。

事实上,姜启时是抱着试一试的心情来报名参加考试的,心想"一颗红心、两种准备",考上了感谢这一机会,考不上也不怨谁。

1977年恢复高考制度,调动了几千万青年学习的积极性,原来造成的"读书无用论",瞬间被"恢复高考"的天籁之音一扫而光。

恢复研究生招生制度

1977年10月22日,中央人民广播电台播发了中央关于招生工作会议的精神。

北京大学中文系主任温儒敏后来回忆说:

> 那天是1977年10月22日,电台广播了中央招生工作会议的精神,要恢复研究生培养制度,号召青年报考。我突然意识到可以选择人生的机会来了,决定试一试。

1977年11月3日,教育部、中国科学院根据国务院批转的《教育部关于高等学校招收研究生的意见》,联合发出1977年招收研究生通知,提出研究生招生办法:

> 考生在自愿报名的基础上,不但要参加文化考试,更重要的是要有单位推荐。依据单位的推荐函,在同等条件下优先录取。

同时规定,应届生报考年龄不超过30岁,在职人员报考年龄要在35岁以下。

恢复研究生的招生制度,并把年龄限制在35岁以下，这样既为有志于从事科学研究的人打开了继续深造的大门，又保证了他们经过三年学习深造之后，能够有健康的体魄从事科学研究工作，或补充到高校教学第一线，充分发挥自己的知识优势和年龄优势。

还对招生对象进行了规定：

> 要有大学毕业文化程度，具有一定的研究才能和专业特长；有专业特长和研究才能的在职人员不受学历限制，但需具有同等文化程度；成绩特别优良确实具有研究才能的高中生和大学生也可报考。

作出这样规定，主要为了鼓励更多人报考研究生。

1977年10月12日，国务院批转了教育部《关于高等学校招收研究生的意见》，并提出了研究生的培养目标是：

> 身体健康，能够独立进行科学研究工作的科学技术和马列主义理论研究人才。

1978年5月5日，温儒敏和另外6.35万名考生同一时间走进不同的考场，参加研究生入学考试。

这次研究生入学考试初试科目包括政治、外语、基础课和专业课，全部由各招生单位命题。

几个月之后，温儒敏非常幸运地成为我国恢复硕士生招生后的第一届研究生，在这一年，硕士生全国共录取10 708人。

从此，中国的教育就从万马齐喑走向百花齐放，走向强国之路！

二、考前准备

- 刘永强自豪地说:"百色试点,就是中国现代高考的试验田。"

- 省委领导当即拍板:"战备物资一般不能动用,高考是全国大事,当务之急,先用后补。"

- 在炎热的夏天,在条件简陋的车间里,大家连续多天,通宵达旦地和工人们一起,进行着这项不容出差错的工作,其艰苦的程度是一般人无法想象的。

中央确定百色为高考试点

1977年10月26日,教育部派杨学为和郭锦宇到广西百色亲自主持高考试点工作。

广西党政领导对教育部以百色试点的决定表示热烈欢迎,坚决支持。

选定百色这个试点县是广西的"小三线",有千人以上的厂矿,有平原、山区。除了壮族外,还有苗族、瑶族等少数民族,人口、经济、文化在广西处于中等水平,具有一定的代表性。

广西的党政领导对教育部确定以百色为试点很重视,专门开会进行研究,从全区各个高等学校、中专、中学以及有关的行政部门,抽调大批人员组成试点工作队进驻百色。按照教育部和自治区党委对试点工作的部署,扎扎实实地展开工作。

恢复高考试点受到广大干部、教职员工、工农兵群众的热烈欢迎。有人说:

就像爆炸一颗原子弹!

许多人都抑制不住自己激动的心情,他们说新的招生制度是党中央、邓小平同志的英明决策。

有人说：

　　过去推荐、推荐，上大学交白卷，我们有意见。现在考试，上大学，凭本事，选出好苗子。

还有的人说：

　　"四人帮"搞的那一套，连信都不会写的人去读大学，岂能搞四个现代化？今年这个办法好，择优录取，谁优谁上大学，实现四个现代化就有保证了。

在1977年，广西"群众推荐"的名额就一直排到1980年。而"群众推荐"的人选大都是大权在握的干部及其亲属子女。

因此，人民群众对这种招生办法感到极为不满，于是编了一首民谣，讽刺说：

　　学好数理化，不如有个好爸爸。

"推荐"招生严重阻碍招贤纳才，把一切"出身不好"的青年，特别是广大知识分子和被污蔑为"走资派"的老干部的子女，都排斥在高校大门之外。

在百色进行的试点工作很顺利，杨学为的工作做得细致而深入，他秉承理论结合实际的工作作风，根据恢复高考所需要的各种步骤，主要解决的问题，一个一个步骤来部署试点工作。

比如说，对宣传发动、组织报名、复习备考、组织命题、考试、评卷、政审、体检、录取等各个环节，认真总结经验，对广西当时以及今后的招生工作帮助很大。

同时，对于广西在高考试点以及以后全面铺开工作，圆满地完成任务很重要。

试点期间，杨学为亲自撰写百色高考试点的工作简报，前后共15期。并且，他还多次向教育部汇报试点的进展情况。

教育部再根据百色的情况，将工作办法总结，下发到全国各地，对各地的高考进行指导。

"时间很紧，工作很辛苦，但大家都很激动，很努力。"时任广西壮族自治区高考招生办主任的刘永强感慨地说，

整个社会失望了11年，忽然有了高考机会，大家都没有准备，工作队中宣传小组就必须到村、寨里去宣传，做思想工作。

而组织、备考小组的老师们，还要帮助考生寻找参考资料，有的考生把书本卖了，老师就到废品收购站去找回来。

在出题目方面，每科的试题有 3 位老师来出，题目要求比高中稍难一点。刘永强说：

因为是试点，既不能太难，也不能太容易，难了会打击人们对高考的信心，太容易了又选不出人才。

刘永强说：

试卷是钢板刻印的，印刷是在保密条件最好的监狱里完成的。考完试后，老师们在解放军的保卫下阅卷。
到了统分的时候，老师用的是算盘，因为考点算盘不够，工作组就挨村挨户挑着箩筐去收。

百色试点的考试从 1977 年 10 月 26 日开始，到 12 月上旬结束，比当年的全区高考早一个多月，刚好为全区、全国随后的统一高考提供经验。
刘永强自豪地说：

百色试点，就是中国现代高考的试验田。

在各省、市、自治区统一拟题，县（区）组织统一考试之后，各高校重新开始招生工作。

1977年11月28日至12月25日，招生考试结束。

全国约有570万青年，参加了恢复高考后的第一次高等学校招生考试。

各大专院校从中录取了27.3万余名学生，使新生的质量有了较大的提高。

从1978年开始，全国高校实行统一拟题、统一考试，从而形成了现行的全国高校统一考试制度。

教育部编写复习大纲

1978年1月,全国高考招生会议在广西桂林举行。来自全国各省、市、自治区的代表们,讨论制订全国复习大纲。

这次会议先是讨论大原则,接着就是细化到学科讨论。在会议上没有存在太多的争论,很快就达成了一致意见。

在1977年恢复高考时,是由各个省、市、自治区自行命题,自己组织考试,究竟该怎么出题目,怎么考试,大家心里都没底。

在1978年初召开的桂林会议,就是要讨论制订大纲,来指导各省、市的招考工作,指导老师教学,指导准备参加1978年高考的学生备考。

因为有了大纲,高考的组织就有了依据。而高中教学和大学教学,也因为高考大纲而完成接轨。

为了制订统一复习大纲,1978年初,教育部派时任学生司办公室负责人李键和从清华大学借调到教育部做招生工作的赵亮宏,具体组织这项工作,并请求高教和普教两个相关司派干部参加。

考试科目分成文理两类,文史类有政治、语文、数学、历史、地理、外语。理工类有政治、语文、数学、物理、化学、外语。外语包括英、俄、日、法、德、西、阿7个语种。

根据考试科目设置情况，从大学、中学和省、市教育局的教材教研机构，邀请一些人员组成几个编写组。

1978年2月下旬，教育部副部长高沂、学生司负责人郭厚登与李键、赵亮宏一同乘飞机先行到达南宁。其他人稍后几天前往。

到达南宁后，高沂一行人被安排住在自治区外办的明园招待所，后来又全部住到离明园不远的国际旅行社的宾馆。

早春的南宁，草木青青，气候十分宜人，正是工作的好地方。

3月初，编写工作正式开始。高沂代表教育部党组在会上首先讲话，说明这项工作的重要性。接着，郭厚登讲对编写工作的一些具体要求。

随后，大家结合高沂的讲话精神进行讨论，统一认识。通过讨论，大家认识到，编写复习大纲这项工作关系到全国几百万报考青年的前途，关系到国家对人才的选育，关系到提高高等学校的质量和调动广大青年学习文化知识的积极性。因而深感责任重大，决心搞好。

同时，对编写中应掌握的基本原则也取得了一致意见。主要是：

一、处理好照顾考生现有文化基础与适应

大学教学要求的关系。既要从当前中学教学的实际水平出发，同时又考虑到大学教学的要求。体现到复习大纲的内容，应当以当前中学教材为主，教材中又以中小学九年制教材的中学部分内容为主。

二、知识内容方面，要处理好存在的基础教育九年制与十年制的关系、原用教材与正编写中的即将使用的教学大纲和教材的关系，并均以前者为主。

三、基础知识的内容中，初中与高中，应以高中内容为主。其中，外语考虑到中学教学的实际情况，掌握在初三的水平。

四、注意照顾不同类型的考生。大纲在文字表达方面要注意文风，不同的科目使用不同的方式表述，但都要使考生读了大纲后感到有信心，而不是无从下手。

3月8日，各科大纲都完成了第一稿。

由于高沂、郭厚登两位领导已先行返京，大纲初稿就由李键送到北京，呈送教育部党组审查。

在等待教育部领导讨论复习大纲初稿的时间里，编写人员移师桂林，被安排在甲山招待所。

几天后，李键陪学生司负责人李力群来到桂林，带来经教育部领导讨论原则通过的复习大纲初稿，传达了部党组提出的修改意见。

于是，各组人员分别进行修改。最后在总体上，请朱德熙对全稿作文字上的润色。

随后，赵亮宏等人把稿子带回北京，又按照科目分送给一些专家学者，征求意见。

稿子经教育部党组最后审定后，由李键和赵亮宏负责印刷和下发。

人民教育出版社印刷厂迅速安排了此项生产任务。

4月初，复习大纲的样书印刷出来，然后由学生司将样书迅速分寄到各省、市招生办公室，分别印刷成书。

为此，教育部以（78）教学字254号文件发出颁发这个复习大纲的通知：

1978年高等学校招生，实行全国统一命题，分省、市、自治区组织考试。为了指导各类考生复习应考，我部组织编写了《1978年高等学校招生考试复习大纲》。

大纲共包括政治、语文、数学、物理、化学、历史、地理、外语八个科目。

命题范围将不超过本大纲。

复习大纲的"说明"指出：

考生按照大纲复习时，应着重在打好基础

上下功夫，把注意力放在巩固过去所学的基础知识和提高分析问题，解决问题的能力上。

本大纲所列内容不是考题，但命题范围将不超出本大纲。

在这个复习大纲颁发后，又连续两年颁发复习大纲。在1979年，教育部在颁发1980年高考复习大纲时，宣布：

考虑到1980年以后，各地中学基本上都已试行全日制十年制教学大纲和使用全国统编教材。因此，从1981年起，不再编印复习大纲，高考命题以全日制十年制教学大纲和全国统编教材为依据。

至此，恢复高考后连续3年的每年颁发高考复习大纲的短暂历史宣告结束。

教育部采取封闭式命题

1978年5月下旬，教育部学生司组织人员，在青岛进行封闭式的制定1978年度的高考命题工作。

1978年是高校招生改革后的第一次全国统考，参加的考生近600万。

高考大纲在4月份印刷，7月份考试。而考试命题则是其中最重要的一环。

教育部学生司决定让宋葆初、李键和赵亮宏三人具体负责高考命题工作，并请相关司派代表参加。高教司派王元玺，普教司派高先丙参加。

宋葆初因为在高教部负责过高考命题中的组织工作，于是便由他组织这项工作。

在工作正式开始前，先请普教司负责人肖敬若介绍全国高中教育的现状，听取他对即将开始的高考命题工作的意见。

命题工作的地点选在青岛，青岛市政府将命题人员安排在青岛疗养院。青岛市教育局派一位干部帮助搞会务工作，派一个司机带一辆面包车，在会上以备不时之需。

青岛市公安局的常科长，带两个警卫人员，负责命题工作的保卫工作。在每天进行具体工作的两栋小楼前，各设一岗。

命题人员的选定参照了选择复习大纲编写人员的原则，即人员由高校教师、中学教师和中学教研教编人员组成。每个科目由来自高校的著名学者牵头，高校教师根据高校学科的特点请有关学校推荐。中学教师和教材编写人员则请部分省、市招生办推荐。

选定的命题人员按考试科目，分别设立命题小组，其中外语按7个语种分开。命题小组按工作量的大小，每组七八人、五六人不等。

这次命题的具体工作在5月下旬开始。

由于工作需要高度保密，又要便于对外联系，于是对外则使用"教育部教材编审会议"的名义，该做法沿用多年。

北京大学教授华彤文，有幸参加了第一次"入闱"。

"入闱"这个词，在古代是指参加科举考试的考生进考场，在这里借指命题人员被集中到一个隐蔽的地方进行命题工作。

华彤文说，教育部对命题人员采取了极其严格的保密措施。被安排命题的人员，去教育部报到后，至于去哪里工作，亲友不知道，校系的领导不知道，甚至连自己也不知道。

不许通电话，不准邮寄。用餐、散步时不能单独行动，在楼外必须两人以上同行，非经工作人员统一组织，不得越出规定区域。

高沂、张君实、宋葆初、李键、赵亮宏，这5位工作人员，是所有的人、所有的工作与外界联系的唯一渠道。

命题人员有时还"享受"便衣警察伴随的待遇。偶尔碰上一个熟人，还要说些假话搪塞过去："在此地参加教材会议"等。

在命题工作开始的第一天，首先在餐厅开会。

分管招生工作的高沂副部长首先讲话，学生司张君实副司长出席。宋葆初就命题原则、指导思想、试题内容分量，以及一些程序性安排说了具体要求。要求命题做到"两个有利"，试题难易按"三三四"的比例呈梯度。

从命题开始到考试实施，约有两个月的时间。其中后一个月是各省、市印卷和分发的时间。前一个月还要留出审题时间，以及送印刷厂排版和制型的时间。因而，真正出题的时间不到半个月。

因此，要求各组必须在一个星期内拿出实体初稿，再用几天推敲，定出送审稿。

与此同时，还特别安排了一间较大的房间作为保密室。宋葆初亲自负责保密室，并兼作卧室。

同命题内容直接有关的资料，都存放在保密室的大铁柜中，每个组的资料则存放在一个提包中。

每天上班开始工作之前，各组保密员到保密室领取本组提包，下班时将收存资料的提包交回。

每个笔记本和每页稿纸上都打上号码，各组领取时须由保密员签收，工作结束时要交回查验。

华彤文觉得"入闱"人员最苦的就是失去了通信的自由。家人健康如何？孩子学习怎样？有没有需要及时回复的信件……这些牵挂都暂且置之度外。

华彤文说，在接到参加命题的通知书时，距离报到的时间往往就没几天了。急忙安排完公事私事，关于命题的具体内容只好等到报到之后再考虑。因此所带的资料很难齐全，而一旦"入闱"就不能回去查资料，有些实验题只好到实验室做一做，再作些修饰。

命题人员都在安排的两栋小楼里工作和生活，大家埋头工作，在生活上不提任何的要求。

那两层小楼虽属于别墅，但是集中这么多人在里面生活后，很是不方便。每栋每层只有一个卫生间，二三十个人光早上洗漱、方便就很困难。

对于青岛市民来说，淡水供应限量，但是对命题组人员保证供应。只是别墅内无法洗澡，因此每周一次集体乘车到市区的公共澡堂去洗。

在伙食方面，青岛大米按一定比例搭配供应，鱼虾也不多，而教师中南方人较多。

于是，赵亮宏专门到市政府去拜访张秘书长，请他特批一些大米。伙食标准是每人每天一元钱。但是，青岛的物价高，于是又由学生司通过财务部门，给每人加两角钱。

命题老师没有别的酬劳，仅仅是免收伙食费，但粮票还是要个人交的。

工作之余，生活很枯燥。偶尔组织到市区看一场电影，要自己付钱买票。因为离海近，晚饭后大家就结伴到海边散步。回到宿舍后，就是看书、聊天，随后在海浪声中入眠。

在老师们的齐心努力下，各组都按期交稿。

各组人员将题稿收齐，将所发纸张和笔记本清点收回，销毁废纸草稿纸。收齐的题稿立即由宋葆初、李键、王元玺送回北京报审，同时每个命题小组派一位成员随同回京，以便在付印过程中做校对。

试题经部领导审定后，上述人员将题稿送到早已联系好的1201工厂排成铅版，再将铅版送到人民教育印刷厂打制成纸型。

因为既要保密，又要尽量不影响工厂的正常生产，这些工作都在晚上进行。

排版工人和各科命题组长都集中住在西郊的军事学院招待所。每天晚饭后，这些人乘专车到车间进行绝密级的排印和校对工作。

每科只有一个人校对，责任大，压力大，校对一遍又一遍，脑子都有点儿麻木了。对于华彤文来说，还要过家门而不入。

在炎热的夏天，在条件简陋的车间里，大家连续多天，通宵达旦地和工人们一起，进行着这项不容出差错的工作，其艰苦的程度是一般人无法想象的。

纸型制好后，通过中办的机要交通渠道送到各省、市。再由各省、市在当地选定印厂，将纸型浇铸成铅版，用铅版印制成试卷。

而留在青岛的人员则洒脱一些。青岛市帮助安排了一些游览的活动。

李键、王元玺在北京完成制型工作，带领北京的几位老师，以及在工厂参加这项工作的几位工人，到青岛和大家会合。宋葆初则留在北京，以便于与各地联络，了解各地印卷中的情况。

虽然命题、制型的工作结束了，但是离考试还有1个月的时间，因此还要安排好封闭圈内人员的休息。

休息地既要便于保密，又要生活条件相对较好，还能适当活动。于是建议选择避暑胜地庐山，建议得到了教育部领导的批准，江西也表示欢迎。

考试日期临近时，高沂副部长经南昌上山。开考的第一天，高沂在庐山巡视了招生改革后第一次全国统考的考场。

由于已经开考，命题组在庐山宣布就地解散，命题人员各自返回原单位。

虽然"入闱"的命题人员很苦，但华彤文教授当时也觉得苦中有乐。他后来回忆说：

乐趣一，当考试完毕，题文和参考答案无

误,成绩统计难度恰当、区分度好时,命题人员不仅松了一口气,而且更感到为高校招生,贡献了自己的一分力量而十分欣慰。

乐趣二,结识了一批友谊深厚的朋友。

命题人员来自不同的区域和岗位,"入闱"后便朝夕相处。每道题都是经过众人的反复琢磨,逐字逐句的推敲,改了又改,不能再说某题是某人出的。

当一个有新意有亮点或可查潜能的试题"磨制"成功时,大家会兴高采烈。当对某题有不同意见时,可能会面红耳赤地争吵一天,经过充分争论,决定取舍。这种共同作战的情谊一直沿袭了下来。

乐趣三,吃好住好休息好。

每次"入闱"总是在幽静的工作地点,大家既能安心工作,又便于隐蔽和管理。

每到审校工作完毕但未散会时,大家就关注去哪个风景秀丽的休养地散散心,这可是饱览祖国大好河山的难得良机。

此外,还能摆脱一些不必要的烦恼。有些人十分关心谁去命题,命题人员的思路风格如何。但是,命题人员的名单对外是绝对保密的。在当时,不时有人会登门拜访,以探虚实。在这种情况下,家人往往回应一句"不在家",就此了事。也会有亲朋好友带着子女登门请教的，拒绝了怕伤害感情，接待了又会犯嫌疑，而一旦"入闱"，倒觉得一下子轻松了许多，就没有那么多的顾虑了。

高考命题的经历，对"入闱"的老师们，以及参与过此项绝密级工作的人员来说，是其人生中一段难以忘怀的记忆，也是非常值得记忆的"禁闭"。

高考试卷的印刷与分发

1978年6月6日，国务院发出批转教育部《关于1978年高等学校招生工作的意见》，78级的招生工作随即在各地展开。

时任江苏省招生办副主任的胡星善说：

> 这次工作量之大、效率之高，从领导精力、工作人员的配置、财务的支出，几乎都以招生工作为优先。

但是，由于国家经济困难，物资匮乏，教育系统内规模稍大的基本建设尚未开始，再加上经费不足，要保证做好招生工作，困难重重。

特别是，77级开始招生时已进入下半年，第三季度的后期，出版局已经没有了剩余纸张。在不得已的情况下，江苏省出版局向省计委上交申请计划。

经过请示，紧急调拨了仓库中留作印刷《毛泽东选集》的备用纸。虽说是备用纸，但是作出此决策也甚为不易，也是对高考的格外支持。

77级分省命题，江苏省在溧阳印刷厂印卷，使用了就近的沙河水库的招待所，这两个单位的房屋都很简陋。

现在又突然进来这么多人,许多生活设施都不能满足需要。因此,男同志洗澡就在芦席围起来的临时场所,提水冲洗。

因为房间不够用,印刷厂内"入闱"的人和没有"入闱"的人不能完全分隔开。在交代了纪律之后,大家见面时都自觉遵守纪律,互相不说话。

厂子里有一对夫妻,其中一人"入闱"了,另外一个没有"入闱"。他们在厂区、回家及回宿舍的路上有时候相遇,只能相见不相认。在长达一个多月的时间里,他们没有说过一句话。

保密工作就是靠纪律,靠全体工作人员的自觉性。

高考试卷从印刷厂运回来时,机关没有地方存放,于是就临时堆在机关内小礼堂后面的楼上,房间有一面墙是用木板隔出来的,根本不具备保密的条件。为了防止事故,只能把礼堂的大门锁好,工作人员则日夜看守,不睡觉。

考前试卷要分发给各地,但是各地、市和招生办都没有自己的车,有的借到了,有的没借到,就希望省里给送。最后,只好用有限的车辆为苏北送试卷。

苏南有铁路,主管招生的省教育局副局长方非就亲自跑铁路局,订购软席票,并向他们宣传这件事的紧迫性和重要性,商量请铁路局做好安全保卫工作,要求列车长、列车员、路警都参加保卫工作,使沪宁沿线镇江、常州、无锡、苏州等地、市的试卷,按时安全送达。

在印刷试卷问题上，云南省出现了问题。本来就十分紧缺的纸张被大量用于印刷各种各样的政治读物，各行各业，包括造纸行业的生产尚未恢复，可是高考又迫在眉睫，试卷印刷刻不容缓。

于是，省委紧急调用了全省各地的库存纸张，并由设备和技术条件最好的云南新华印刷厂，连夜赶制试卷100多万份。

当各项准备工作即将就绪时，又出现了新的问题。当时，在很多地、州、市、县教育局，没有设置保密室和专职保密人员。即使有，其保密条件也不完善，保密制度也不健全。

为了保证高考试卷的安全和保密工作万无一失，省教育局从高等院校抽调一批责任心强、当年无亲属参加高考的党员干部和教师，分头将高考试卷直接送达地、州、市、县，并负责全程监护和考前的安全保密工作。

可是，送达地、州、市、县各考点的100多万份试卷，需要用2000余条麻袋来分装和铅封。省教育局无力解决，只好求助有关部门。

当时，因为麻袋是防洪和专用的计划物资，有关部门不同意随便动用，可是考试时间即将临近，情况甚急。

省教育局不得不请示省委出面协调。省委领导当即拍板：

战备物资一般不能动用，高考是全国大事，

当务之急，先用后补。

于是，立即责成省有关部门征调了 2000 余条麻袋。这样，迫在眉睫的困难得以解决，100 多万份高考试卷在考前按时安全地送达各考点，使得恢复高考后的第一年考试得以顺利进行。

1977 年 10 月，30 多岁的刘建平从河北新医大学来到河北省招生办。

刘建平说，当时的招生办只有 7 个人，他是属于比较年轻的。招生办最值钱的家当是一辆三轮车。因为年轻，体力活都是刘建平的。

要发文件，刘建平就得骑上三轮车去买油墨、辊子和白纸，然后把纸送到印刷厂裁成所需大小，把文件一页一页地用辊子推出来，常常累得腰酸背疼。

1977 年，河北省的高考时间是 12 月 15 日、16 日。命题由省里负责，于是领导便安排刘建平负责组织命题工作。

待命题工作顺利完成后，就是印卷。刘建平说，印卷是在河北省保定的一个监狱印刷的，犯人没法出去，都是铅字排版手工印刷。刘建平和工作人员在监狱住了几十天。一科一科地印，印完后装袋、密封、贴密封条、盖密封章、科目章。

刘建平说，最累人的活儿是盖章，2 个密封章 1 个科目章。他速度最快时每分钟能盖 25 袋。"咔""咔"，天天盖章，累得胳膊肘都抬不起来。

当年河北省报名的考生32万人！想想看，光盖章就得好几天。不能回家，也不能和外界接触，天天和犯人打交道，从命题到印卷，过了40多天的"禁闭"生活。

印完卷，刘建平等人又被领导安排到外地"隔绝"，直到高考结束后才回家。

考完试后，上线考生的档案都由地区教育部门送到省里。因为没有专车，所以大家无论多远，都用麻袋把档案装起来，坐火车背到省会。而且因为责任重大，丝毫不敢懈怠。下了火车再赶公交车，背着个大麻袋，一身的尘土，一脸的疲惫。

对此，刘建平说，当时有个特别形象的顺口溜儿：

　　远看像逃难的，近看像要饭的，走近一看是招生办的。

高考带给数以百万计的年轻人以希望和梦想，同时带给那些为高考付出心血、自由、汗水的幕后英雄们以欣慰和无与伦比的自豪。

三、各地分考

● 陆开丰说:"考试秩序非常好,参考者,遵守考试纪律;监考者,服从考试要求。"

● 牟子宁说:"我一直哭着写高考作文,监考老师也哭着看我写作文,我居然晚了半个小时交考卷。"

对高考学生进行政审

1977年10月12日，国务院批转教育部《关于1977年高等学校招生工作的意见》（以下简称《意见》）。在《意见》中，明确规定考生的政治条件：

> 政治历史清楚，拥护共产党，热爱社会主义，热爱劳动，遵守革命纪律，决心为革命而学习。

但是，具体实施起来就出现了偏差。由于长期受极"左"思潮的影响，人们在思想上总认为严比宽好，材料多比材料少好。

此外，虽然1977年的政审指导思想明确，但是还没有具体掌握的细则。在执行中，即便思想比较解放的同志，在遇到认识不一致的问题时，由于缺少政策依据，通常也不敢过分坚持。

对于66、67届高中毕业生报考的条件，各地根据国务院文件的要求，都作了具体规定，但有的地方偏严。

如黑龙江原规定：

> 实践经验比较丰富，并钻研有成绩或确有

专长，应有县、团级以上证明。

但是，该省有些基层单位，在具体掌握时层层加码。密山县金沙农场的何英健来信反映，他们单位传达招生文件时提出，这两届毕业生报名，必须荣获过三等功或连续三年获得先进生产者称号。

省招委在得知这一情况后，通知各地从宽掌握，符合招生文件规定的这两届毕业生都可报考。

同时，还有一些省、市对这两届毕业生的年龄条件卡得过严，没有考虑实际情况。

1977年11月22日，时任教育部部长刘西尧，在教育部召开的全国各省、市、自治区文教书记、教育局局长电话会议上，专门讲这个问题，要求各地在报名时不要卡得过严。

同时，也有一些基层单位领导，对改革招生制度的重大意义认识不足，以种种理由阻挠青年报考。个别地方甚至出现压制青年报考的现象。

有的公社、大队不支持知识青年报名，如山东莱芜县有的生产大队限制民办教师、赤脚医生报名，提出"考不取就不准再担任民办教师或赤脚医生"，给报考青年人为设置障碍。

在1977年时，华应春任广州市东山区教育局副局长。恢复高考第一年，华应春任新成立的东山区招生办首任主任。

华应春说，在1977年恢复高考之初，每一个报名高考的考生都要接受政审这项特殊的调查。成千上万的调查表飞向社会各个角落，对考生的家庭背景进行详细调查，考生本人并不会知道调查结果。在录取中，这一张张调查表，就将决定考生能不能上大学，能上什么样的专业。

华应春说，在恢复高考之前广州没有招生办，学生上大学都是通过推荐。

在1977年9月，有红头文件下来，说要恢复高考，于是广州市以及各个区很快成立招生办。刚成立时，东山区招生办只有5个人。从组织报名，到安排体检、政审、组织考场、运送试卷、评卷等考务工作，都是由区招生办来进行。政审结果都是"内部掌握"。

听说恢复高考，整个社会欢欣鼓舞，报名者非常踊跃。招生办从学校调来不少老师帮忙，找了一处比较宽敞的地方，摆起十来张桌子就开始接受报名。每个考生发一张报名表，填好表格交上来就算报了名。

华应春说，大约一个星期的时间里，报名点一直排着长队。考生什么年龄、什么模样的都有，大的三四十岁，小的十六七岁，很多人已经结婚生子，但仍然赶来报名，光一个东山区就报了两三万人。

报名表上只是考生最基本的个人资料，政审是在报名之后进行的，而且政审不会影响考试，只要报了名就可以参加高考，但政审结果会影响录取。

负责政审工作的是组织部。考生报名后,招生办负责发出考生的政治情况调查表,通过邮寄的方式发到考生的父母或直系亲属所在的单位、街道等,对方填写后再收回,交给组织部,这是一项很庞大的工作。组织部门安排工作人员对考生情况逐一审核并作出结论。政审范围比较宽泛,包括亲属、港澳关系等。

作出的结论有几种标准,包括"可以录取绝密专业""可以录取机密专业""可以录取一般专业""不及格"等。学校必须根据政审的结果来录取考生。如外交、军事、部队院校等,就属于绝密专业。

政审的结果不通知考生,都是内部掌握。考生填报志愿的时候也不知道哪些专业能不能报。因此,有不少考生因为这个原因,没能进入自己选择的专业,从而损失了一些有特长的人才。

北京考生靳元,自学英、日两门外语,在激光理论和实践方面,都有研究成果。他设计的激光器,比北大设计的体积小,水平先进,是全国科学大会的献礼项目。靳元也是厂里和区的科技积极分子。

1977 年,靳元的高考总成绩是 339 分。但高等学校以其母亲有问题为由,而不愿意录取他。

还有一个考生是插队知青,政审材料中记载他有偷窃行为,因此他的档案被推来推去。

经过调查,他确是参加过一次"偷窃"。事情就发生在他插队的时候。有一天大家在地里劳动时,肚子都感觉很饿。休息的时候，有人提议摘一些蚕豆夹，回知青点煮煮吃。大家就都同意了。

于是大家齐动手摘了几斤蚕豆夹，煮着大家一起分吃了。由于此事没有经过队长的批准，队里就对他们进行了批评。蚕豆夹是集体采摘集体分吃的，事后大家就淡忘了。可是不知道为什么唯独把"偷窃"的罪过写进了这个考生的政审材料里，从而影响了他的录取。

值得庆幸的是，这类的考生在两批扩招中被录取了。

1977年，耿振华在新疆博尔塔拉兵团农五师81团农五连，接受贫下中农再教育。

入冬的一天傍晚，耿振华和几位农工正在离连队1公里远的砖瓦窑烧窑，突然从连队的高音喇叭里隐隐约约地传出了关于恢复高考制度的消息。一连播了好几天，耿振华不敢相信这是真的，因为那个年代，没有考大学的概念，上大学也是贫下中农的事。

耿振华既高兴又忧郁，广播里常播的、人们常谈论的话题就是：

> 不唯成分，择优录取，希望有志青年踊跃报考，一颗红心，两种准备，接受祖国的挑选……

耿振华属于是有"问题"的子女，父亲当时受管制，经长时间的考虑，加之许多长者的说服，耿振华报了名。

但仅高考报个"名",就是一波三折。

耿振华说,1977年的高考,试卷是新疆本地命题,他报的是文科,考5门课,但只考4场。满分400分,即语文100分,数学100分,政治100分,历史和地理合卷各50分。

作文题一是"怀念周总理",二是"记抓纲治国的几件事",让考生二选一。耿振华选择"怀念周总理"。可是他也不知道怎样写作文,怎样开头,急得他直冒汗,手发抖,钢笔尖把试卷纸几处戳了洞。

好在他平时喜欢唱歌,记了不少歌词,最后耿振华以一首歌词引入:

十里长街送总理,八亿神州泪纷飞;人民的好总理,好总理,你像那鲜花一样洁白,一样纯……

作文就这样开始了。最后结尾是:

总理啊,您没有走,您在我们的心中,我们要化悲痛为力量,以您为楷模,为祖国早日实现四个现代化努力学习、工作。

后来耿振华听别人说他的作文得了满分,还成了样板作文。

数学考试，由于紧张和粗心，最后一张卷的反面有一道解析几何大题，耿振华没有看到，20多分就这样丢掉了。

1977年高考的程序是：报名、领准考证、考试、体检、填志愿（即所报学校）、政审、最后录取。不公布分，不让查卷，也不张榜，但是各学校去改卷的老师都把分数抄回来，四下传看。耿振华考了286分，在不足两万人的团场引起了很大的轰动，甚至在博州东部地区也引起了轰动，社会上纷纷议论："××坏分子的儿子考了好高的分，是第一名。"

77年高考录取一直持续到1978年年初，好多人100多分都收到了录取通知书，而耿振华却一直没有收到。

耿振华怀着忐忑不安的心情，到团场宣教科查询，回答是"不清楚"。后又去博州招生办查找，接待他的是招生办副主任张宪三和办事员黄振青。他们的解释是："政审不合格"，政审表"上级主管部门审核意见"一栏中明显写着"该考生父亲的严重历史问题，还未落实定案"。

耿振华的脑子"轰"的一声，他差点栽倒在地上。那几日他也不知道是怎样过的。

团场的德高望重的老大学生，得知耿振华的不幸消息后，非常的惋惜和气愤。他们奔走相告，主动替耿振华向有关部门反映情况，还鼓励他向上面反映，帮他把反映材料寄到首府乌鲁木齐的有关部门。

不久，自治区工会反馈了意见书。

意见书的内容是：耿振华同志请你相信党，相信组织，确有问题请与当地党政部门联系；另外，有志青年应一颗红心，两种准备……

看后，耿振华哭笑不得，反映的问题也就不了了之。就这样286分也无用，"政审"打碎了耿振华的梦想。

第二年，耿振华又参加了高考，父亲的"问题"也彻底解决了，这才圆了他的大学梦。

1977年的政审打碎了许多青年的大学梦，但是并没有彻底泯灭他们的希望。冬天既然已经来临，那么春天就不会远了。

各行各业支持高考

1977年12月,各省、市纷纷举行恢复高考后的第一次考试。全国各行各业均给予高考大力的支持与帮助。

12月1日7时10分,抚顺到高湾农场的公共汽车司机怕考生迟到,在征得乘客同意后,中途站不停车,径直把考生送到考场。

上海市处处方便考生,公交车凭准考证优先乘车,饭店凭准考证优先吃饭,有的托儿所星期天不放假,为监考人员照看孩子。

北京市商业部门把熟食送到考场,为考生服务。

辽宁省苏家屯考区一名考生乘火车赶考,把准考证落在家里,家里人发现后赶到车站,但是火车已经开动。于是,家长就把准考证交给刚刚开动的货车的乘务员。

货车到苏家屯后,货车乘务员又把准考证交给车站工作人员,车站的同志又火速送到该考生的考场。

王西川参加1977年高考之前,在渭南市孝义棉绒厂工作。他满怀喜悦的心情,报考了"陕西省财经学院"。

自报考之日起,王西川在白天搞好出纳业务工作后,晚上便自封宿舍门,复习到2至3时。有时遇到难题便翻阅资料,甚至到天明。后来由于考试请假,厂长和会计才知道这事,便不由得责怪王西川不告诉他们,以至于没有给他腾出白天时间复习。

王西川考虑到自己拿国家工资，就不应该耽误工作，如果白天复习占用上班时间，那是不应该的。王西川暗下决心，一定要考出好成绩，报答单位领导和家人，以及亲朋好友对他的厚爱和希望。

王西川满怀信心地走进固市小学考场，考试这一天，天气非常的炎热，再加上窗子是用土坯封了半截，闷得人简直透不过气来。

走出考场后，王西川与同学对题，答卷还满意，考得也理想。哪料到，晚上他在距考场一里多路之外的同学家住宿时，到了后半夜，王西川的脸色苍白、上吐下泻、疼痛难忍，吓坏了同学家的所有人。

王西川的同学赶忙给他请了一位赤脚医生，医生诊断是"中暑"。打了两瓶吊针，直到第二天早上才得到缓解，结果导致他第二天早上没能参加考试。下午，在同学和她们家人劝说不行的情况下，王西川忍着痛，又顽强地去参加了考试。

在回家的路上，王西川很后悔，恨自己身体不争气，影响了考试成绩。这次高考虽然失利了，但是对王西川来说，他会永远记得曾经帮助和支持他的人。

徐卫中是张寅虎的恩师。徐老师时任兴平县马嵬中学的化学老师。他为人忠厚，兢兢业业，在当时大部分学生都不愿意学习的环境下，仍然认真对待教学工作，而且特别喜欢张寅虎这个在很多人都不认真学习的环境下，还算认真学习的学生。

徐老师有一辆非常新的永久牌的自行车，学校老师都很难借用，但农村学生张寅虎却可以随时使用。

高中毕业后，张寅虎回到家乡参加农业劳动。

1977年4月的一天，张寅虎接到徐老师的一封来信，信中告诉张寅虎，据他分析，大学招生可能要考试，要求张寅虎复习高中课程，准备参加高考。

张寅虎对这个消息并不特别兴奋，一是觉得自己没学多少知识，二是对大学招生要进行考试表示怀疑。

在得知他的想法后，徐老师多次来信对张寅虎进行开导，并将一些特别珍贵的油印资料寄来。

为了不辜负老师的期望，也为了有可能实现上大学的梦想，张寅虎白天坚持参加生产队重体力劳动，晚上则在煤油灯下开始复习中学课程。

1977年10月，广播里传来大学招生要在12月考试的喜讯。在许多同龄人为短短的两个月时间，很难复习完高中本来就没有努力学习的课程而懊恼时，张寅虎对徐老师给他争取来的比别人多半年的时间，内心充满了感激。

在1977年高考中，张寅虎以比较优异的成绩被陕西师大数学系录取，成为在家乡人眼中学习优秀的学生。

在恢复高考之际，每一个参加考试的青年都不同程度地感受着来自亲朋、好友、师长，以及社会各界的关爱，因为这不仅仅是某一个人的高考，而是满载着全社会，乃至中国美好未来的热切期待。

他们终于走进了考场

"高考恢复了！我们可以考大学了！"1977年10月，高考恢复的消息像一阵风似的，席卷了整个江苏省沙洲县，梦想被压抑了太久的知识青年们奔走相告，传递着这个振奋人心的好消息。

高考恢复了，报名便接踵而至。沙洲县文教局临时组成招生办公室，组织报名工作，吴一凡则出任办公室主任。

沙洲县共有7所完全中学，按照就近报名的原则，学生们先是到所在地学校报名。报名材料主要包括学校表现、亲属关系、社会关系、思想政治等内容。

政审是最重要的一个环节，确定一名学生能否参加高考要经过两轮筛选。第一轮是学校的初审，第二轮就是招生办的复审。

吴一凡说：

> 所有报名材料都是在同一天上交到我们这里的。高考停止了11年之久，可以想象，当时从各个学校报过来的材料该有多少。

招生办公室共有7名工作人员，收到学生的报名材料后，吴一凡等人就开始了复审工作。

吴一凡说：

> 这是项枯燥而严谨的工作，每个工作人员每天都要看五六十份材料，他们看完后，我还要再审一遍，马虎不得，因为这关系到国家选拔人才，也关乎个人命运。

经过一个多月紧张的工作，所有参加高考的考生被确定下来。

接下来，招生办的主要工作就是组织初试、确定考场。直到12月份，在高考的前两天，高考试卷下发到各个县市。

吴一凡一班人住进沙洲县招待所拆分试卷。把密封的试卷拆开，然后根据每个考场的考生人数清点试卷。每个考场是30个考生，那么就要分出32张试卷。最后把这32张试卷卷好，贴上封条盖章。

为防止泄题，吴一凡他们一天24小时都住在招待所里，不能与外界有任何的接触。

两天之后，这批高考试卷顺利地分发到每个考生手中。

吴一凡感慨地说：

> 1977年高考就像一只命运之手，它给很多

人带去了另一种人生机遇。

1977年12月15日，是刘长木要参加高考的日子。这是恢复高考的第一次考试。对于刘长木来说，能报名参考是多么的不容易！

那年是刘长木下乡插队的第四个年头。当恢复高考的消息传来，积聚了10年的一代人都摩拳擦掌，跃跃欲试。

刘长木找到公社李书记要求报名时，心里忐忑不安。李书记对知识青年倾注了心血，每到村里，他都到知识青年集体户，询问他们生活惯不惯，干活累不累。总是嘱咐队干部不要让这些城里来的娃干太累的活，说他们太嫩，正是长身体的时候。

在公社李书记的关心和培养下，刘长木入了党，担任大队和公社共青团的工作，还多次出席省、地、县团代会和知识青年代表会。

李书记听了刘长木要参加高考的想法后，沉默了好一阵，最后还是点了头。

刘长木接过盖了公社章的报名表时，心里很不是滋味儿。随后，李书记把刘长木从公社水利工地调回来，对他说：

离考试还有半个月，回市里找资料找老师，复习功课去吧。

在高考的前一天，刘长木乘汽车往高考点赶来。但是却遇到路上堵车。汽车缓缓地蠕动着，爬上坝头，闯过狼窝沟，在风雪中艰难前进。

等刘长木在路边的一个小站下车时，天已经黑下来了。

这里离刘长木插队的村还有20多公里。刘长木迈开双腿，在冰天雪地中跋涉。

坝上高原的风雪之夜异常寒冷，厚厚的积雪使人走一步陷半腿深。冰冷的雪灌进裤腿，灌进大头鞋，被体温融化，寒风一吹，外面又结了冰。

跌跌撞撞走到村时，刘长木已是筋疲力尽。

知青伙伴告诉刘长木，高考考点不在他们公社，而是在李家地公社。刘长木一下子蒙了。到那里还有20多公里远啊！这时已是午夜时分，天亮就要开考。况且又是在这样的风雪之夜。

"骑马去！找四老汉！"伙伴的话提醒了刘长木。

四老汉，村里大人小孩儿都这么称呼他，50多岁了，没结过婚，是队里的饲养员。

刘长木敲着生产队饲养员的窗户，叫醒了正鼾声如雷的四老汉。听说他要骑马去赶考，四老汉的嘴里嘟囔着："深更半夜的，又刮着白毛风，考它做甚？"话虽这么说，但是四老汉还是一边揉着惺忪睡眼，一边提上马灯要和刘长木一起去备马。

这时，在马灯的辉映下，四老汉一下子看到了刘长木的两条裤腿冻成了铁筒一般，一双大头鞋也成了两个大冰块，他冲刘长木喊道："你不要你的腿了！"

四老汉半扶半抱，把刘长木放到炕头，使劲扒下他的大头鞋和棉裤，放到锅台上烤着。又用带有自己体温的被子盖在刘长木的双腿上。

四老汉在灶膛里加上麦秸，红红的火燃烧起来了，映红了他那布满皱纹的脸。屋里蒸腾起的热气，掺和着杂草味儿、马粪味儿、旱烟味儿。

四老汉在炕角摸索出一个酒瓶，说："喝吧，今天刚打了半斤'八三大曲'，还剩一半。喝了暖暖身子，这大风雪天可不是闹着玩儿的。"说完，四老汉提上马灯，抱上马鞍，到马棚备马去了。

刘长木一口气把酒喝了个底朝天。临走时，四老汉把刘长木的大头鞋和大衣扔到一边，硬是让他换上自己的白茬老羊皮袄和高腰毡疙瘩。他说刘长木穿的那行头好看不中用，挡不住坝上的白毛风。

四老汉提着马灯，送刘长木到村口的路上。他又紧了紧马肚带才让刘长木上马。

刘长木走了很远，回头望去，村口那盏灯还在亮着。

渐渐地，风停了，雪住了，冬天里的太阳迟迟地露出了脸，大地银装素裹。

走过乡间崎岖小路，来到了宽阔的公路。刘长木策马扬鞭，身后腾起一片雪雾。

开考的钟声终于响了。在李家地公社中学简陋的考场里,刘长木镇定自若地开始答卷。

陆开丰是东方红中学的老师。他所在的中学被指定为高考考点之一。

开考的前几天,学校分管教育的一位副校长组织全体监考老师开了一次预备会议,会议主要讲监考工作中的一些注意事项。

这次会议开了很长时间,从考生入场到拆分试卷再到考生离场,每个环节都讲得非常细致。这么重视这次高考,不仅因为这是恢复高考之后的第一场高考,还因为在监考老师中有很多年轻老师,他们没有经历过类似的监考。因此,必须把监考工作中的一些环节讲透彻。

12月11日,高考开始了。东方红中学有3排平房,大概有20多个教室做了考场,每个考场均设有30个座位。每个考场都安排两个监考老师,巡视员则由县文教局派出。无论是监考教师还是巡视员,都要求政治可靠,工作负责。

陆开丰说:

> 考试秩序非常好,参考者,遵守考试纪律;监考者,服从考试要求。

整个考场都是很安静的,考风非常淳朴。对此,陆开丰这样理解:高考停了这么多年,考生们都很珍惜这个机会，都不想出任何差错。

"高考科目包括语文、数学、物理和化学合卷、政治和历史合卷。虽然这是恢复高考后组织的第一场考试，但高考工作却是非常成功的。"

考试虽正值寒冷的冬天，但是坐在考场中的沈同明手心里却微微冒着汗。忐忑、期待……占据着沈同明的思想和内心。踏进高考考场那一年，沈同明已经30岁，结了婚。沈同明说，从自己读完高三算起，已经过去了漫长的11年，才等来了这次参加高考的机会。

1977年的高考，是沈同明通往大学之路的唯一要乘坐的一趟末班车。要实现梦想，这次考试就只能成功，不能失败。因此，他的心里充满了紧张和不安。

环顾考场，但见考场内的考生年龄相差悬殊，有的看上去十七八岁，甚至更小一些。而像沈同明这样的老三届，大都是30岁左右。

对考场气氛的感受，也因人而异。老三届对这场考试都很重视，而一些小青年则没有"末班车"的担忧，因为年轻，所以还有机会。

沈同明说：

> 考完以后，我听到很多考生在议论，说考试中有很多题目感觉有些棘手。但我觉得考题并不是很难，可能因为是"老三届"的缘故，中学阶段正正规规地学，在学校学到的东西要

多一点，基础知识相对要扎实一些。

在化学考试中，有一道关于两性氢氧化物的考题，当时有很多考生都被卡住了。

"那道题确实是高中无机化学中的一个难点，但是好在我在复习中就已经注意到这一点了，所以做这道题时得心应手。"沈同明说。

沈同明说乡下的考生，在考试前一天就来到了考试地点，住进了招待所。在考化学的前一天晚上，就在住宿的招待所里，沈同明遇到了初中时的一位化学老师，正好就"两性氢氧化物"的性质作了一番回顾，因而更加深了他对这个知识点的印象。

考完试后，沈同明走出考场，望了望远处蔚蓝色的天空，深深地吸了口气。此时的他气定神闲，冥冥中他似乎感到，他的生活将改变方向。

果然，两个多月以后，沈同明拿到了南京气象学院的入学通知书，以沙洲县乐余公社为数不多的本科生身份，推开了重点高校的大门。

朱松清也是老三届，31岁的他也参加了高考。

朱松清说："数学试卷的最后一道题目是这样的：一个小球在圆环上滚动，要求计算小球的速度。当时我列出了一个方程组，两个方程式，三个未知数。"可是任凭他用何种方法去解这个方程组，也无法求出最终的结果。时间一分一秒地过去了，朱松清看看手表，只剩下2分钟的时间了。

2分钟，正当朱松清准备放弃的时候，他的耳边突然响起高三物理老师的话：

> 考试好比一场篮球赛，即使时间只剩下5秒，你也要投最后一次篮。也许，这5秒就是你的希望。

这句话虽已隔11年，但却给了考场上的朱松清以无尽的鼓励。

"我坚信，我列出的这个方程组肯定是对的。"

于是，朱松清重新计算起来。他忽然发现，卷子上这道题目的比例画得相当精确。

"也许我可以换种方式做这道题目。"朱松清耍了个小聪明，他利用题目比例精确的特点，凑出了3个数字。

"我把凑出来的这3个数字代到方程组里检验了一下，结果发现完全吻合。"做出来了！朱松清的心里一阵兴奋。

"叮零零——"考试结束的铃声准时响起。

"如果我不是抓住了那最后2分钟的希望，也许我就考不上大学了。"朱松清感叹不已。

参加高考前，牟子宁正在北京顺义插队。他说：

> 我一直哭着写高考作文，监考老师也哭着

看我写作文，我居然晚了半个小时交考卷。

当年北京地区的作文题目是《我在这战斗的一年里》，这篇作文让牟子宁感慨颇多，他边写边哭，直到所有考生都离开了考场。监考老师看到他如此投入，不但没有催他交卷，反而看着他的文章陪他一起流泪。

考政治时，卢沟桥事变的时间、地点等填空题他没答上来，于是牟子宁在空白处写了一行字："学习是培养人分析和解决问题的能力，而不是死记硬背，更不是背'三字经'。"

考试结束后，牟子宁认为自己的这种行为一定会激怒判卷老师，可能不会被录取了。

但是，一天傍晚，牟子宁正在月光下学习，忽然听到队里广播通知他去取通知书。于是，牟子宁一路狂奔跑到大队部，一看是北京大学寄来的，他忍不住泪流满面。一起插队的几个伙伴得知这个喜讯之后，禁不住和他紧紧地抱在一起……

1977 年，陈建功 28 岁。

他说，如果不是耽误，18 岁也就进考场了。但是 18 岁那年，他却卷起铺盖，到京西的木城涧煤矿当了一名岩石掘进工。

陈建功又瘦又小，体重不过百十斤，扛起和他一般沉的风锤，晃晃悠悠，龇牙咧嘴。他最拿手的活儿是跟车，即叼着哨子，在飞驰的煤矿车间蹿上蹿下，摘钩、挂钩、甩车、顶车……一干就是10年。

28岁了，居然又要进考场。10年里，陈建功做过大学的梦。可是，无论他怎样拼命地、实实在在地干活儿，都帮不了他实现上工农兵大学的梦。因为他有一个"臭老九"的父亲，也因为他有所谓的"反动言论"，最终被拒之门外。

陈建功暗下决心，坚决不再进考场，呕的就是这口气。

他一边挖煤，一边读书，除了《毛泽东选集》和马列主义著作，几乎无书可读，可他还是读了不少书，其中的大多数，就是他的妈妈利用她负责北大附中教师资料室之便，偷偷借书给他读的。就这样，他读了10年。

陈建功不愿考大学，但是妈妈希望他活得明白、自信、充实。妈妈说，过去时代，她绝不逼他，谁让咱家不是"工农兵"呢。现在党又让咱考了，咱还不考？

在妈妈的说服下没办法，陈建功同意考北大。

陈建功说，除了一些冠冕堂皇的理由，他也有一点胆怯。文史他倒不怵，可是数学他已经10年没摸了。翻开一本初中的数学，何为"最大公约数"？何为"最小公倍数"？竟然如坠云雾中。就这样去考数学，岂不要考零蛋！

但是拗不过妈妈的啰嗦，陈建功回北京探家后，又回到矿山，拿着妈妈给准备好的一套高中课本，昏天黑地地背起来。

同陈建功在一个宿舍的黄博文,也是和他一起到矿上挖煤的"老三届",他考的是数学专业。黄博文对陈建功说,他最怵作文的开头,请问如何才能开好那个"头"?这问题实在有一点临时抱佛脚的味道。

陈建功说:

我教你一招儿:你看看作文的题目能不能写成书信体,如果能写成书信体,你就照着一封信去写就成,又新鲜,又直接,那开头儿不就解决了?

黄博文说"妙哉",天天祈祷着能让他用上"书信体"。

陈建功背数学公式背到烦时,向黄博文抱怨说:"极大值公式太复杂啦,我是无论如何也背不下来了。"

黄博文一笑,说:"我也教你一招儿,你用'导数'来求,就简单得多!"随后教了陈建功一个"导数"公式,告诉他只需把某数据放这儿,某数据放那儿,用公式一套,极大值自然出来。

"你就听我的,没错儿,你也别问什么是导数,就照着这公式套吧!既省得背那么复杂的极大值公式了,还显得你有学问哪!"

陈建功也说"妙哉",也天天祈祷着数学试卷里多几道"极大值"的题,好让他的"导数公式"大显身手。

在一个凄清而寒冷的早晨，陈建功、黄博文，还有其他 20 多个年轻人，在微微的晨光中爬上了一辆卡车。卡车在暴土扬尘的公路上疾驰，碎石渣噼噼啪啪乱响，山路弯来绕去。他们在车里，时而撞向左边，时而拥到右边……

考场在十几公里以外的中学，那是一所简陋的山区学校，陈建功他们就在那里续上了 10 年前的大学梦。

考完语文，第一个冲出来拥抱陈建功的是黄博文。他教给他的"书信体"居然派上了用场！

考完数学，拥抱黄博文的，就是陈建功了，其中最难的，居然就是两道求极大值极小值的题，陈建功顿感得意。

几个月以后，陈建功怀揣着录取通知书，走进北大的校园里。面对那些学风严谨、学识过人的教授们，面对一个浩若烟海的学问世界，他才意识到，当初自己的自负是多么可笑。

1977 年的高考，不是一个人的战场，因为它牵动着无数人的心。

考生走进大学校园

"1977年冬天的那一场高考改变了自己一生。以前是一个'铁匠',从大学回到工厂时心里透了亮,明白该怎么创造,那才是真正的干活,知识的力量真是无穷尽的。"刘建同说。

1977年参加第一次高考前,刘建同是山东工学院机械厂锻造车间的车间副主任。从1970年中学毕业起,他就一直在车间工作。他所处的车间为大型机械生产精锻齿轮,特别是在新的时期,百废待兴,上游机械产业明显加快了产品生产速度,这也导致他们的产品供不应求。

可就在1977年夏季一个炎热的夜晚,他们最重要的一台机床坏了。生产争分夺秒,如果工期被延误,机械工业厅下达的生产指标便无法完成,于是刘建同和工友们连夜抢修。面对陌生的机械核心部件,他们大胆操作,最终保证了生产正常进行。

在参加高考考语文的时候,作文题目是《难忘的一天》,尽管考试时已是寒冷的冬天,可刘建同一下就想起了那个汗流浃背的夏夜。他慢慢整理好思绪,沉下心来,把一段真实鲜活的经历复原到试卷上,这样的一篇文章让他的语文获得了高分。

"没有华丽的文笔,我们那些从车间、部队、田间走出来的考生，作文普遍写得很实在，都是身边实实在在发生的事儿。"

高考结束后，刘建同和自己一个高考前在电台当记者的朋友聊起了作文题，"他写的是采访中遇到的一个惜煤如金的老矿工，他在煤矿采访时，被一位身处大煤矿、却连煤渣也不忍浪费的老矿工深深感动了。他的作文就写了被感动的那一天，结果他的语文得了很高的90多分。"

刘建同从1960年到1966年读小学，毕业后和其他同学一样在家闲了两年，1968年到1970年又上了两年中学。在两年的中学里，学校只给刘建同他们发过一次语文课本，其他课程就只是听老师讲，没有课本，没有笔记，也没有课后作业。

以这样的求学经历参加高考，难度可想而知。刘建同下决心上大学是在1976年后，尽管已经在锻造车间工作了6年，可锻工的工作环境时刻让他无法"安分"。

"火烤胸前暖，风吹背后寒"，这就是锻造车间实际的工作状态，环境极为艰苦。因此，他期盼着"穿白大褂，坐操作间"指挥机器人操作，他还和工友们试验过制作"机械手"。

当通过电影了解了目前我国的机械化水平与机械化程度较高国家工作状况的差异后，刘建同下定了考大学的决心。

当时厂里200多名工友，像刘建同一样要参加高考的有10多名。他们白天在车间工作，晚上拿出颇费了一番周折才借到的教科书自学。

"多数单身职工都在下班后打扑克、聊天，可是我下班后还要埋头学习，的确很累。"而且底子太差，复习常常让他感觉没有头绪。

1977年下半年，刘建同参加了一个专门为像他这样基础差，却又想参加高考的人举办的培训班。数学一共辅导了4次，可这4次就让刘建同有了豁然开朗的感觉。他突然觉得自己的知识变得系统起来。

刘建同感慨地说：

> 过去上学都是在浪费生命，所以当学习的机会到来时我们万分珍惜。

刘建同如愿考入山东工学院，那时他25岁，班里年龄最大的同学年近30岁，最小的直到二年级还没有选举权。就在这样一个班级里，学习气氛极其浓厚，大家面对知识如饥似渴，都在争分夺秒为自己过去的欠缺作补习。

"当时学校规定22时30分准时熄灯，可有些同学特别珍惜时间，有一次一个姓周的同学就护着电闸不让学生处的老师断电，还引起了不小的冲突，可当时大家要电的确是为了学习，那时候同学们的感觉都是'学不够'。"刘建同说。

毕业后，刘建同放弃留校，回到锻造车间。刘建同当时的愿望就是要干点"实际的事儿"。像他一样想法的同学在班里占了大多数。

"那时候的毕业生进工厂，直接下车间就能干活，对于工矿企业，山东工学院的毕业生比清华、北大名牌大学的学生还受欢迎。"

回到车间的刘建同在自己的岗位上坚持技术革新，多次获得教育部和省科技厅奖励。

张凌燕说，恢复高考时，她是村里的赤脚医生，那是让许多回乡知青羡慕的岗位，凭着年轻人的自信、热情、执着和努力，她在很短的时间里基本掌握了农村常见病和多发病的诊断和治疗，吸引了众多本村和外村的村民前来就诊，把村里的医疗站办得红红火火，有声有色。

如果不是国家恢复高考，沿着这条路一直走下去，张凌燕也许会成为一个颇有名气的乡村医生。

然而，当国家恢复高考的消息传来时，出于对未来的考虑，张凌燕毅然走进高考大军的行列。

买资料，上辅导班听课，通宵达旦地复习，顶着来自各个方面的压力，忍受着他人的白眼和讥讽，经过一番艰苦的拼搏，张凌燕终于走进了大学的校门。

回想当年的选择，张凌燕依然觉得无怨无悔。她说：

的确，是高考改变了我的命运。

当恢复高考制度的消息传来后,童星立即兴冲冲地去大队报名。可负责报名的大队会计说:"论年龄,你25岁超了3个月。论学历,你又不是高中'老三届',因此不符合报名条件。"

童星软磨硬缠,苦苦哀求,但都无济于事。无奈之下,童星说:"报上说过,有一定专长和技术特长的超龄青年也可报名。"

会计疑惑地问:"你有什么专长和成果?"

童星说:"我爱好文学,写了一个多幕秦腔剧本,你看咋样?"

会计说:"你把剧本拿来,让我报到区招生办审议后再说。"

于是,童星就回家把剧本取来交给了他。

没几天,会计告诉童星:"经区招生办审议,给你报上名了。"

想不到这个凝结了自己多年心血的剧本,竟帮了童星的大忙!他高兴得几乎要跳起来。

然而,高兴之余,童星又忧愁起来。自己初中只老老实实上了一年课,其余时间都"停课闹革命"了,没有学到多少知识,再加上离高考只剩下一个月时间了。凭这点知识,凭这点复习时间,咋能考上大学呢?

父母劝慰童星说:"你不行,别人可能更不行,因为你平时就爱看书,爱写点东西……关键是要自己给自己打气,尽力去考,不要放过这个难得的机会!"

在父母的鼓励下,童星立即投入到紧张的复习中去。

当时,童星任小学民办教师,又当班主任,整天给学生备课上课改作业,忙得无暇复习。再加上学校开展"三讲"活动,几乎天天下午放学后都要开会,直到晚上七八点才能结束。

无奈之下,童星向学校请假,可校长坚决不批准,说学校教师少,一个萝卜一个坑,无人替代他的工作。

没办法,童星只有靠晚上拼命。可晚上村里经常停电,有时零时才来电。童星就零时前先睡觉,零时电来后,就强忍瞌睡,硬挣扎着爬起来复习,一直到天亮。后来一连20多天,整夜都不来电,他就点起煤油灯,常常通宵达旦地攻读,竟熬完了近10斤煤油。有时实在瞌睡得厉害,就稍微打个盹后,强迫自己睁开眼继续复习。

当时,天寒地冻,为了复习方便,童星晚上睡觉从不脱衣服,以至于身上生出了虱子。为了抢时间复习,一日三餐全靠妹妹给他送饭,上厕所都是小跑……

通过复习,政治、语文、历史、地理课本上的内容,童星几乎都熟记于心,几百道政史地练习题,他都背得滚瓜烂熟。

初中数学课原来只学了一年,童星就把初二、初三的数学书借来,没时间请人指导,他就借助书上的例题,自己把书上的练习题从头到尾全部演习了一遍。

就这样,白天晚上几乎连轴转。临高考时,童星的身心已十分憔悴，体重减了5公斤。

高考那天鸡啼时分，母亲早早起来，给童星做了家里最好的饭，即黑麦面片为儿子饯行。童星穿着补丁衣服，赶到考场外一看，他们村来应考的人大多都穿戴时髦，衣着光鲜。他们中有人用鄙夷的眼光看着童星，讥笑他的寒酸。

但是，童星心想：咱们考场上再见高低！

然而第一场数学考试，就把童星给考蒙了。数学试卷一发下来，他的眼睛顿时花了。天那！那么多试题，几乎都没见过。童星努力定了定神，仔细看了会儿试卷。发现前面几道题，是初中课本上的内容，但其难度和灵活性，令人望而生畏。

童星下定决心，先主攻第一道十分题。他拼尽全力，攻了近一个小时，终于把这道题攻下来了。童星的头上热气腾腾，豆大的汗珠直往下滚。后来有几道题都做了半错半对。不过，下午的政治考得较顺手，答得较理想，驱散了上午因考数学受挫笼罩在心头的乌云。

第二天上午考语文，童星答得更顺手，作文题是《难忘的一天》。他满怀激情，把自己亲历的1977年4月15日《毛泽东选集》第五卷出版那天，他们公社的群众翘首企足，喜迎"宝书"的动人情景和自己的感受尽情描写了出来。

童星的思路出奇的顺畅，妙语佳句如滔滔河水在脑海中不断涌现，继而在他的笔下哗哗流淌。以至于两位监考老师有一阵都踱到他的身旁,看他写作文。

出榜的那天上午,童星多次偷偷地跑到校门口,眼巴巴望着公社的方向,企盼着有人给他送来录取通知。这时,邻村的几个考生已经接到录取通知的消息接连传来,更使童星心神不安。任凭他苦苦企盼,望眼欲穿,整整一个上午,连个通知影儿都没见到。

童星心灰意冷,晴朗的天空在他的眼中成了灰蒙蒙的一片。回到家里,正当童星郁郁寡欢,索然无味地吃着午饭时,公社派人把录取通知送来了。在全村几十名应考的返乡青年中,只有童星一个人被录取。

一时间,童星的家里像过节一样热闹,乡亲们把他家门前围得水泄不通。母亲买了许多喜糖,不断撒向前来贺喜的人群。父亲兴奋地操起板胡,摇头晃脑地拉着欢快活泼的秦腔曲牌。

童星的弟弟说:

哥!你这录取通知比挣几千块钱还要解馋得多!

长者噙着旱烟袋来到童星家,对他的母亲一会儿说:"我看让娃教书去,教书马上能拿现钱。"一会儿又说:"我看让娃上学去,上学比教书有前途!"

父亲噙着眼泪,深情地对大伙说:

要不是俺邓叔（指邓小平）的政策好，磨盘大的雨点也淋不到俺娃头上哟！

童星非常感激这次高考，高考不但改变了他人生的命运，也磨炼了他坚强不屈的意志。他由衷地感激敬爱的邓小平，感激伟大的党拨乱反正，给他们提供了公平竞争、施展抱负的大好机会！因此，童星后来一直在努力地学习，拼命地工作着。

1977年10月25日，中央台新闻联播播出一条令刘武元兴奋不已的消息："中央决定恢复高考。"人们激情荡漾，奔走相告。

1977年恢复高考时，刘武元30岁，当时是西安一家建筑公司的工程队指导员。此时的"老三届"绝大多数都已结婚成家，孩子小，工作累，负担重，工资低，住房差和对前途心灰意冷正是这些人命运和生活的真实写照。

刘武元高考报名时一波三折，但总算报上了。还有一个多月就要进考场了，可是过去的书本、教材一本也没有了，于是去省图书馆借，去找当教师的同学要，凭着原来的记忆去想，刘武元总算回忆起一些依稀的印象。

由于报考对单位是绝对保密的，所以刘武元白天的工作照旧，指导员照常当着，晚上回来再抽时间复习。儿子只有两岁，父母又远在外地，有大量的家务事要干。为了给刘武元多挤出些复习的时间，他的爱人主动放弃第一次报考的机会，重点支持他。

就是在这样艰难的日子里，艰苦的学习生活环境下，迎接一天天逼近的高考，刘武元是既喜又忧。

1977年12月5日，刘武元揣着准考证，第一次走进高考考场。坐在他身边的是一位小伙子。开考前刘武元问他今年多大了，他说19岁了，是今年的应届毕业生。

刘武元又问他哪年上学的，他说1966年。

刘武元说："我1966年就高中毕业了。当时我学完了所有中学的课程，而你却一字不识，今天我们在同一个考场，同一张考桌上考大学。如果我考上了可能是现代的'范进'了，但我祝愿你考上，你们赶上了一个好时代。"不过，刘武元至今也不知道他的同桌考上没有，命运如何。

考前的日子不好过，得一天天地拼，考后的日子更不好过，得一天天地等，等待比拼搏更难受。刘武元说，因为命运不在自己手中，真是度日如年，天天都在胡思乱想。

从1978年的元月底到2月底，他周围的同事不断有人陆续收到高考录取通知书，从重点院校到普通院校，从本科到专科。接到的欣喜若狂，接不到的则心急如焚，诚惶诚恐。

刘武元就属于后一种，天天看传达室的小黑板，天天没有他的名字，想查卷子、查分数又不准。刘武元焦急得快要疯了。他的爱人则天天劝他，不行咱明年再考，非当范进不可。

从2月等到3月，又等到4月，所有的高考录取通知书都发完了，第二批高考又要报名了，刘武元也彻底心灰意冷了。

可是有一天，门卫突然进来，告诉刘武元："你的通知书来了。"

刘武元将信将疑地打开一看，果然是他的，再看那封信上层层叠叠的传递单和那已撕破的信封，算是明白了一半，原来是粗心的招考官将他所在的单位"市建五公司三工区"写成"市建三公司三工区"，应投太华路的寄到了辛家庙，一字之差差点儿使刘武元失望。

第二年，也就是1978年，刘武元的爱人和弟弟也通过高考，进入大学。

经过几年的寒窗苦读，夫妻二人相继毕业，刘武元被分配到市委，妻子被分配到银行。后来，刘武元担任了领导职务，使人生价值得到了一定的体现，改变了过去的命运。

刘武元说，1977年的高考重开了一个历史的新纪元，改变了许多人的命运，同时让许多人找到了自强不息的钥匙。

四、全国统考

- 教育部明确表示："继续实行高考,并恢复全国统一命题。"

- 教育部副部长高沂说："要防止偏严或偏宽的倾向,切勿马虎从事或在政审中采取不正当手段搞不实之词。"

- 国务院和教育部发出通知："各地给报名参加今年高考的知识青年提供便利条件和复习功课的时间,使他们尽可能地做到生产、复习两不误。"

教育部打破政审枷锁

1979年3月15日,《长沙日报》刊登一则《政审不可埋没人才》的来信。

信中讲述了何其美在1978年7月的高考中获得了442分的高分。但是,因为哥哥搞地下包工队,有"剥削之嫌"被判刑而受到牵连,政审不合格被拒之大学门外的遭遇。

何其美是长沙市第十九中学64届初中毕业生,具有极高的数学天赋,在校期间便多次获得年度数学大赛第一名。

初中毕业后,何其美到江永当知青,9年后因病回长沙,1976年在街道泥木队做小工为生。

何其美的天分引起了我国著名数学家、中南大学数学学院概率统计所所长侯振挺和著名数学家、原国防科技大学副校长孙本旺教授的关注。

侯振挺说:

何其美的确是个难得的人才。1978年世界奥林匹克中学生数学竞赛的六道题,我和孙本旺教授都有一道题没有解出来,可是只读过初中的何其美却给我寄来了正确答案,这是非常难能可贵的。

在得知何其美因政审没过关而被大学拒收后,在1979年湖南省科技界春节座谈会上,两位教授向代表们讲述了何其美一事,相关媒体也作了报道。

不久,有关领导找来市招生办的负责人,从而使何其美的政审问题得到圆满解决。

侯教授甚至在当天的座谈会上就大胆表示:

何其美,我们要他!

在1979年的春天,何其美终于成为长沙铁道学院数学系1978级新生。如今,何其美已是美国夏威夷大学一名专门从事生物统计工作的资深研究员。

在1977年,王代文因"政审"未通过,失去了上大学的机会。

1978年夏天,王代文再次参加高考。考试的结果再次引起了轰动,全公社仅王代文一个人上线。一个爱开玩笑的青年农民说:"王知青,这是天意呀!公社不让你走,可上天偏要让你走。"

没几天,公社的妇女干部谭主任找到了王代文,她是公社派来搞王代文的政审的。谭主任热情地对王代文说:

> 小王,这次公社不会再为难你了。今年招生工作一开始,我们公社就受到了县里的严厉批评。我们公社只有实事求是地介绍考生情况的义务,而没有"不同意录取"的权利。

王代文知道这不是天意,是党中央拨乱反正的春风吹到了基层。因此,王代文的政审进行得很顺利。

1978年9月初,王代文收到西南师范学院的录取通知书。10月初,王代文终于进入了向往已久的大学校园,开始人生一段全新的旅程。

打破"政审"的锁链,莘莘学子还给祖国一片拳拳报国之心。

实行高考全国统一命题

1978年4月22日，教育部在北京召开1978年高等学校招生工作会议。

在这次会议上，出乎意料地形成一场关于是否继续高考的"小字报风波"。

对于1977年的高考，首先在华东组小组会上出现了一些反对的声音。有人说，择优不光是分数择优，政治上也要择优，恢复过去的做法也不对。知识分子的子女多一点可以，但贫下中农子女要不要照顾？不要招生几十万，得罪几千万。

还有人说，现在剥削阶级家庭出身倒成了优越条件，不能因为分数高，我们就糊里糊涂地录取。有的人态度更为激动，说：去年这样还可以，两年这样还可以，两年、三年以后还这样，看贫下中农反你不？

第六期会议简报集纳了这些意见，引起会议不小的震动。

吉林省的代表针锋相对地发出小字报，称对此坚决不同意，并认为这种意见很危险，希望与华东组的那些同志公开讨论。

震动扩大到整个会议，并辐射到同期召开的全教会。

对此风波，教育部态度非常鲜明。在1978年高招工作意见中，明确表示：

继续实行高考，并恢复全国统一命题。

5月8日，教育部副部长高沂代表教育部党组，在这次高校招生工作会议上作总结发言。

高沂说：

通过讨论，我们深刻认识到，"四人帮"对教育战线造成的思想混乱以及流毒和影响是严重的，即使有些好同志也难免在一定程度上受到毒害。

在1977年招生工作的基本经验问题上，高沂说：

坚持德智体全面衡量、择优录取的原则，对各类考生一视同仁，不加照顾，取消了任何特权，这一点深得人心，今后仍要坚持。

对于1978年招生工作必须重视和认真解决的主要问题，高沂说：

对考生的政治审查要紧紧依靠群众，由考生所在的基层党组织写出切合实际的鉴定。要防止偏严或偏宽的倾向，切勿马虎从事或在政审中采取不正当手段搞不实之词。对过去某些地区扣押优秀考生材料的错误做法，要加以改正。

不久，在1977年高等学校招生制度改革的基础上，1978年高等学校招收新生，开始实行全国统一命题，统一考试时间，考生的各科考试成绩全部公布，使招生制度进一步完善。

考试分文、理两科。文科（含哲学、外语专业）考政治、语文、数学、历史、地理、外语；理工科（含医、农专业）考政治、语文、数学、物理、化学、外语。

外语考试的语种分别为：英、俄、法、德、日、西班牙、阿拉伯等七种。外语考试的成绩暂不记入总分，作为录取时参考。没有学过上述语种的可以免试。报考外语院校或专业的，必须进行口试；外语笔试成绩记入总分，数学为参考分。

统考评卷工作分三步进行。第一步省组织试评，第二步地（市）阅卷评分，第三步省里组织复评。

对于广大上山下乡的知识青年来说，高考报名、复习、考试，没有应届高中毕业生那么简单。

1977年，不少下乡和回乡知识青年踊跃报名参加高考，并有一部分人脱颖而出，幸运地进入大学深造。但也有不少下乡知识青年反映，他们在农业第一线坚持劳动,没有复习时间,又没有人辅导,甚至有的遭到歧视和压制,给他们报考高等学校带来不少困难。

1978年5月6日,国务院知识青年上山下乡领导小组和教育部,给各省、市、自治区知识青年上山下乡领导小组和教育局发出联合通知,要求:

> 各地给报名参加今年高考的知识青年提供便利条件和复习功课的时间,使他们尽可能地做到生产、复习两不误。

在1978年,高校招生对象、考试评卷以及招生办法等方面,都有所改进。

高等学校主要招收20岁左右的青年,一般不超过25周岁,即1953年1月1日后生的,26至30周岁的高中毕业生和具有高中毕业文化水平的优秀青年,以及1966、1967届高中毕业生,仍可报考。

为了快出人才,教育部要求各高等学校要积极举办专修班。专修班主要招收年龄超过25周岁的考生。学制一般定为2年,有的专业根据需要也可定为3年。

共产主义劳动大学、七二一工人大学、五七大学,脱产和半脱产学制在2年以上的在校学生,不能报考。中等专业学校和技工学校的在校生、应届毕业生不能报考,参加工作满两年以上的可以报考对口院校或专业。

在校高中学生,个别学习成绩特别优秀,确实能够跳级升大学的，经本人申请，学校审查，县（区）招生委员会批准，可以报考。

应该上山下乡而不去的知识青年，包括户口已转农村而本人未去的不能报考。因病留城和病退满一年以上的知识青年，经县以上医院检查，确已痊愈的，才能报考。

1978年已被高等学校录取，而拒不服从分配的，下一年不准报考。

为了稳定教师队伍，以利于提高中小学的教学质量，中小学公办教师一般限于报考师范院校。

"老三届"学生还有特殊的一点，就是他们参加高考必须经过政审。

当时，高校的专业分为绝密、机密、一般三种类型，考生必须接受严格的政审才能被相应的专业录取。

由于对考生的政审要牵涉到其出身，教育部在1978年的全国高等学校招生工作会议上，对政治审查问题进行讨论，并且制定相应的文件。

会议强调指出：

> 对考生进行政治审查时，主要应看本人的政治表现。要全面地正确地贯彻执行党的"有成分论，不唯成分论，重在政治表现"的政策。

在1977级的大学录取中，有些单位的同志还在这个问题上心有余悸。他们对考生的政治审查，不是主要看考生本人的政治表现，而是主要看家庭、亲属的政治历史问题。他们不去认真调查分析这些人和事对考生本人有无联系和影响，就武断地作出不能入学的结论。

这种片面的、不负责任的做法，伤害了考生参加报考、报效国家的积极性，也严重干扰了党的政策的落实。

河南省郑州二中15岁学生竺稼，参加1977年高考，原被西安外语学院录取。因他的外祖父20多年前的问题，社会关系复杂。他到校之后，竟被退回郑州。他写信给中国科学院和教育部，认为这种做法不符合党的政策，要求领导帮助解决。

经过有关单位调查，来信所反映的情况属实，最后决定将竺稼收入郑州大学英语系学习。

1978年4月26日，《人民日报》披露"竺稼事件"，并配发本报评论员文章，题目态度非常鲜明，即《高考政审必须坚决执行党的政策》。

文章指出：

> 现在这些青年，绝大多数是拥护共产党、热爱社会主义、愿意为工农兵服务的。高考政审主要看本人政治表现的政策，是完全符合这一实际情况的，它有利于调动一切积极因素，也有利于这些青年世界观的确立。不论在招生工作中，或是在其他方面，都必须认真贯彻执

行党的这一阶级政策。

明确规定高考政审"主要看本人的政治表现",这是招生制度进行重大改革的一项重要内容,受到广大群众的衷心拥护,使得一大批优秀青年得到了深造的机会。随着时代的发展,政审也渐渐变成了对考生本人思想品德的考查。

一切为了考生

从1978年开始,高考全国统一命题。

时任山东省招生办副主任的胡家俊说,当时比较困难的问题是经费紧张、物质条件差。恢复高考的前两年,省内高校的招生计划不足2万人,加上中专招生计划,也不足5万人,可是由于正常的高校招生工作停滞了10年,仅高中毕业生累计人数就高达百万。

第一年有相当多的人还不知道或没有做好准备不敢报名,当年就报了五六十万人。到了第二年高考,已经毕业的高中生也有了较好的准备,所以,第二年报名人数超过了百万人,招生工作所遇到的困难也便接踵而来。

首先遇到的困难是制卷所用的纸张。试卷需要使用60克的书写纸,需要几十吨,可市场上根本买不到,全部是计划供应。装试题的纸袋也需要100克以上的含木浆的牛皮纸,虽然数量不大,但十几吨这样的牛皮纸也无处购买。

经过省招生委员会批准,省里有关部门特别批准调拨解决。

招生工作每个环节都要考虑节约,一个考场装试卷的袋子如何准备就成为争论的焦点。设置一个考场要从装试卷、考试、评卷、统分这几个环节考虑。其中有两个环节是要密封的，就是试卷封装和考场考完答卷在评卷前密封。两次密封至少需要换3个袋子，这就会使稀有昂贵的牛皮纸用量增加3倍。需要量增加，就会增加成本和经费开支，也给每个环节的运输增加了麻烦。

为了减少开支、节约用纸，省招生办反复研究、试验，争取用一个袋子完成招生全过程的使用。招生办同印刷厂工作人员一起，按照纸张规格反复比较、试验，最终设计出的试卷袋保留两个"舌头"，在考场使用时，印好指定的切口，现取出试卷后，再把第二个"舌头"取出，作为考生试卷的装袋，可完好地密封。评卷后袋子仍然可以使用，这样每年考试可节省十几万元的资金，也避免了浪费。

使用这样的袋子，在考前要对监考人作认真的训练，把实物发到每个考点，现场向监考人员作具体讲授，待他们熟悉以后再上岗。但是，即便这样，考试时也还会出现许多问题。

有些监考人员由于是第一次监考，心里紧张，在考场打开试题袋时不小心把第二个"舌头"切割掉或打不开延误考试时间。因此，得向每个考点多发点试题袋，以做备用。

为了实现考场与评卷工作的衔接，也是为节约用纸，于是在每个考场试卷的封面上印上评卷记录，评卷之后把它撕下来贴在该考场试卷袋外的指定位置，以便下一个环节，即统计分数备查。实践证明这些方法都是可行的。

纸袋的问题解决了，又遇到第二个困难，就是这么多试卷，地、市如何能平安地运回去、保存好，使考试能平安、顺利地进行。

全省考务会确定，试卷运送都要装在密封的箱子或袋子里，使用两辆汽车运输，武装押运员随试卷及保密员乘一辆车。小的地、市考生相对人数少，困难还少些，但是人数多的大的地、市困难就大了。

于是研究了几项措施：

一是为了让试卷平安运达，地、市要落实性能较好的大卡车和押运车，要求有武装押运。

二是试卷运送车要当天到达，不准在路上停留。根据山东的情况，全省十几个市分为两天拉试卷，远的地、市第一天，近的地、市在第二天拉试卷，都能做到当天到达。

三是各地必须设专用的存放试卷的保密室，保密室要有专人昼夜值班。

四是设立试卷运输保密安全汇报制度，各地、市招生办当日必须向省级招生办报告。

五是建立试卷交接制度，并存记录。

由于汽车很少，道路差，条件艰苦。试卷装到箱子里，每只箱子都有几百斤重，都是招生干部用人工一箱一箱搬到车上,然后一箱一箱运到保密室。保密室若设在楼上就更苦了。这些青年人每次运卷都汗流浃背。

有一次,烟台地区的运题车在回烟台的路上,翻过泰芜山区时,由于路面条件很差,转弯时装有满满一卡车试卷箱的汽车侧翻到路边,试卷箱散了一地,有的箱子已破裂,运题人员立即保护好现场,并迅速派人去找电话。

由于通信工具很不方便,他们费了很大周折,才找到电话,此时已接近中午,天又要下雨,大家心里十分焦急。等到省招生办派人去处理时,他们已经一天没吃饭了。

省招生办紧急从就近地区调了两部汽车,把完好的与损坏的试卷箱分开装车,连夜押运回烟台。刚装好车,挡上篷布,大雨就倾盆而至。有惊无险地保住了试卷的安全,让所有人都松了一口气。

招生人员都是第一次做招考工作,很多工作都是摸索着进行,在实践中不断改进和完善。

在省里召开的考务工作会议上,大家群策群力,集思广益,最后形成一致意见,共同遵守。

根据实际情况,考务工作会确定考场都集中在县城驻地。这既便于集中管理,也方便考生。

招生办要求考场做到"三光",即墙壁光、地面光、桌洞光。后又改为桌洞向前,考生排队入场,禁止书籍及包带进考场。

考生作弊是客观存在的，虽然对作弊的处理规定不那么细致，但对作弊考生的处理要求很严格，要让社会都知道考试的严格、严肃性。

在对作弊考生的处理上，坚持实事求是的原则。有一次，省里从阅卷点上评审某考点日语试卷时，发现有个考点一个考场9名日语考生答案雷同，评卷教师给判了零分。成绩公布后，这9名考生集体上访到省招生办。

省招生办副主任胡家俊接待了他们。经调查，原来在中学时，教他们日语的教师是一位日伪时期的日军翻译官，语法非常不规范，所以反映在各自卷面上，错误的部分都是一样的。

在征得评卷教师的意见后，准备另外出题，安排在省招生办监督下重新考试，以测试他们真实的日语水平，甄别原有成绩的真伪。几位考生都表示同意，测试后的成绩证明他们的日语水平是不错的。

经研究后，重新认定原有答案有效，这9名学生后来被录取到重点的高校学习。

评卷要真实反映考生成绩，体现合理与公正。在把握宽与严的程度上，对每个考生都应当是一样的，这样才能体现公平合理。

在评卷过程中，老师们摸索出许多好的方法：

> 一是制定统一的评分标准与细则，并以此组织骨干教师对真实的试卷进行试评，发现问

题再修改细则，让每一位评卷教师都能很好地把握标准。

二是安排每一位学科评卷教师，只评一个试题答案，便于把握标准。

三是建立复核检查制度，平衡统一评卷组掌握标准的情况。

四是对作文试题制定特定的复合标准。

评卷工作集中到省会的几所重点高校进行，每个学校承担不同学科的评卷任务，评卷教师集中食宿，封闭式进行评卷工作，每个评卷点在评卷前，对每袋试卷都作密封处理，评卷教师不知道他所评的试卷是哪个地市和哪个考场的，更无法查证是哪位考生的。

这些措施在以后的工作中虽有些变化，但基本做法没有大的变动，实践证明是可行的、有效的。

统计考生的成绩是打算盘，因为当时连买计算器的钱都没有。考生各科成绩的合成以及各分数段人数，全部由人工完成。

在实践中，大家发明了许多行之有效的办法。统分分成若干个统计小组，每个统分小组由十几个人组成，采取分科分人唱分的办法，把一个考场的各科试卷集中起来，每两个人负责一科，两个人负责打算盘统计成绩，两个记录员往统计表上填写各科成绩，按照表格上各科排列顺序逐科往下唱读，一个人读另外一个人监督，同时填写两份成绩统计表。各科读完以后，两个打算盘的分别读出总分。

若总分数据一致，就记录下该生的总成绩，若不一致再重新复查。

就这样，十几个人一个组，在7月的高温下，个个汗流浃背。统分一律要求由男同志参加，因为在当时的工作条件下，男同志参加统分不仅工作方便，还有力气搬运装答卷的箱子。

1978年高考，对于江苏省来说，是招考历史上最难翻越的一座山。

时任江苏省招生办主任刘炳贵说，由于规模特别大，时间特别紧，招生部门在试卷印制、考试组织、阅卷、登分等方面的工作压力都非常大。

在南京组织核登分工作时，正值盛夏时节，南京又属于全国三大"火炉"之一。租住的宾馆不仅没有空调，连普通的电扇都不多，不少南京的同志主动从家里搬来电扇，宾馆也组织购买大量的冰块来降温。

由于算盘不够，省招生办要求前来参加工作的教师自带算盘。

为保证核登分工作的顺利进行，不得不采用人海战术，从全省各地总共抽调了近300名高中教师，以3人为一个小组，一人唱分，一人登分，一人监分，一张卷子一张卷子地"过堂"。

在宾馆狭小的房间里，很多人穿着背心围坐在成堆的卷子里，一边看着卷子打着算盘，登记着分数，一边不时地扇着扇子，用毛巾擦着汗，房间里一片算盘珠击打发出的"噼啪"声。

这期间，有的老师因天气炎热持续奋战突然晕倒的。有的老师家里亲人病故，却仍坚守岗位的。大家就像是一个上紧发条的闹钟，不知疲倦地连续奋战，保质保量、按时完成所有卷子的登统工作，保证了录取工作的顺利进行。

在当时的条件下，高考工作人员能够如此高效率完成招生考试各项任务，最根本的动力就是来源于对教育事业的热爱，来源于对恢复高考的喜悦。正是凭借这股精神力量，他们克服了一个又一个困难，圆满完成了1978年历史上最大规模的高考任务。

特殊学生走进校园

1978年3月15日，河北师范大学各系楼前，校园南路上的人群正编织着方队，准备参加恢复高考后第一届大学生的开学典礼。

其中，有一支队伍特别引人注目：个个都30岁左右的年纪，成熟的眼神中却难以掩饰内心的喜悦。乍一看，还以为这是青年教师的队伍。可他们所站的位置和手提马扎的样子，让周围的人们不由得指指点点："看，老头班。"

一听这话，队伍中有个女生很不高兴地说："什么老头班，还有我们呢！"

"那就是老头、老婆混合班！"周围一片善意的笑声。

当弄清楚他们是六六届、六七届高中毕业生组成的数学系七七级1班时，不时有人鼓掌，向他们表示祝贺。

虽然恢复高考特别注意招收了少部分当时被耽误的六六、六七届高中毕业生，但将这些人单独编在一个班，全国绝无仅有。

这些人考试分数都很高，但担心他们年龄和负担影响学习，所以招生办录取时，很慎重也很挑剔，考虑教师队伍严重受损，便特意把他们招收到师范院校。

这个班共有52名学生，包括两名为西藏代培的。农村来的同学居多，还有 8 名女生，其中 2 名分别是当年天津下乡和支边的未婚知青。

对于"三十而立"的人来说，每一位同学都有一段不寻常的故事。

准妈妈徐玲是在下班路上听到恢复高考消息的，当时她已怀孕待产，预产期就在考试的前半个月。

考试上大学，她当然非常兴奋，但是她也担忧：孩子若按时出生则需要休息，恢复身体。若孩子晚出生，正好赶上考试那可就麻烦了，来之不易的机会就要泡汤。尤其是孩子出生后要看管照料，如何上学念书？

但是，母亲的支持打消了徐玲的顾虑："只要你有志气有能力，妈妈就给你看孩子。"

徐玲一高兴就有了主意。时值隆冬，天气寒冷，经过每天早晚的上千米跑步，孩子终于准时出世了。

从城南到城北考场，有好长一段路，考前一场大雪又使得道路格外难行。徐玲裹着厚厚的大衣抵挡风寒，一大早，爱人用自行车驮着她赶往考场。

坐月子的考生徐玲也引来招生办同志的特别关注，当时没有暖气，就特意在她旁边生一火炉。

开学后，徐玲做的第一件事就是找医生，用中药把旺盛的奶水断掉。学期中间她没回过家，等儿子会说话时，竟然叫她阿姨，徐玲的心里真不是个滋味。

胡成元是以优异成绩被全国重点的湖南大学录取的，可他上有双方年迈的父母，下有 4 个离不开大人的子女，若在千里之外上学，家务全交给老婆，于心不忍。

于是，胡成元要求回石家庄。几经周折后，便来到师大数学系这个班。离家30公里，他可以学习、家务两不误，解除了后顾之忧。

任课老师们的心里也格外兴奋，因为这个班开学后的摸底测验成绩最高，必做题和选做题几乎全部正确，人人在100分以上，110分以上的也大有人在。

全国著名拓扑学专家吴振德教授，研究函数逼近的专家郭顺生教授，以及其他知名教师为"老头班"授课。

老师们的生活条件也很不好，宿舍是在简陋的筒子屋里，他们常常趴在床前备课批改作业。很多课程久久没有开设，教科书都需从资料库去翻找。实变函数、复变函数、拓扑学、非线性方程等课程，几乎是首次系统全面开讲，因为原来虽然设立这些课程，可是种种干扰不断，很难完整讲授。

按教学要求，班级开设英语课，可这些学生中学时大都学俄语。尽管学校选派最有经验和耐心的老教师为大家上课，师生还是遭遇了困难。语言学习的最佳时期早已错过，记忆力减退，发音走调，单词记不住。尽管如此，但仍有英语100分的学生。

随着专业课学习的延伸，一些人学习优势开始衰退，最初摸底时成绩不高的"小弟弟小妹妹们"纷纷赶上来。

"不服输、要争气"这句话一直埋藏在每个人心里。晚上校园、教室，特别是数理化专业的教室，灯光总是亮到很晚。

李全柱是从校办工厂的岗位考上大学的，数学本来是他的强项，高中时数学成绩一直在全年级领先，但现在一下子开始学习高等数学，就好像来到了陌生世界。第一学期的"数学分析"考试竟然不及格。

这对李全柱刺激很大，没有退路，只有迎难而上。第一个暑假正值酷暑，他每天赤膊上阵，手捧厚厚的《季米多维齐习题集》大量做题。

没有电扇扇着，做题时又不能扇扇子，于是就把凉水浸过的毛巾披在后背降温。三伏天毛巾很快就被汗水浸湿发热，便用凉水浸浸再披上。原计划做百十来道题，李全柱竟一发不可收，做了500多道。补考的结果是以高分通过。

互相关心、互相帮助是这个班的特点。班里十几个同学是"扩招"和调整录取的，晚报到10多天。功课落下许多，老师们设法补课，同学自己紧追猛赶。

张梦贤一入学就面临按定义求极限求导数的作业，这使他如坠迷雾中。一题一法，一题一变，变得眼花缭乱，急得他逢人就问，几乎问遍了全班的同学。令他感动的是，同学们是有问必答，无一人表示出厌烦。

胡成元每个星期天都要回家帮老婆干农活儿，忙完地里的，还要找些加工活计挣钱，以解决老老小小近10口人的生存问题。这样一来难免耽误一些功课，可是他凭看书、看同学笔记，考试成绩很好。

大学四年，正是国家发生巨大变化的几年。入学时农村还是大集体、大锅饭，毕业时就赶上农村推行大包干，一些同学家庭生活非常困难，生活自然是相当艰苦。

就说每日三餐打饭，就只买最便宜的饭菜吃。

王文国、韩庆书等同学离家 50 多公里，几乎每隔两周就要骑自行车翻山越岭回去，根本舍不得花钱乘车。市区里各个回收物品销售部的地址他们都很熟悉，即使一些必需品他们也在那里买。

国家和学校对这批学生倍加关心和爱护，体育、劳动课一样也不能少，和对"娃娃同学们"一样要求，还必须上满四年，尽管最后一学期学校挤满五个年级。

当然也有对这个班估计不足的时候：一周劳动课给这个班的任务是挖几百米长 1 米深的电缆沟，并许诺完成任务就可以休息。按预想的进度，怎么干也得需要四五天的时间。

可是怎么也没有料到，"承包"能产生这么大的生产力。30 来岁的壮年学生们，个个脱衣挽袖、锹镐挥动，一镐下去就是一个坑，几锹上来就变成了一座小山，结果只用一天时间，就把全部的任务完成了。

第二天只看见保质保量的电缆沟，可是连一个人影都不见了。

而这些情景，都成为 1977 级学生最美好的记忆。

1978 年 10 月，参加过 1977、1978 年两次高考的王显槐，终于如愿以偿，踏进了江西师范学院的大门，就读于该校中文系。

学校原有的学生宿舍被外来单位挤占了，1977级和1978级学生都插住在校园中凡可住人的空房。王显槐他们1978级中文系百十号人为一个班，全部安置在大礼堂的一边，临时用木板隔成一个大通间。

王显槐所在的班，年龄最大的32岁，最小的不满16岁，同学聚在一起，年龄参差不齐，有师生同班者，有叔侄相称者，真叫人欷歔不已。

全班多数同学已结婚，不少有两到三个孩子，也有有四个孩子的，而王显槐入学不久，他的第五个孩子便出生了，成了全校孩子多之最。

男同学中不少人抽烟，有的抽廉价香烟，有的抽自卷的"喇叭筒"，还有的用烟袋抽黄烟，不一而论。

班主任是工农兵学员留校的，擅长书法，能写一手好文章。他年龄比"老三届"学生小，算起来他才属于学生辈。班上同学都比较自觉，班级活动，如组织学习、宣传、文艺、体育活动之类，百十号人中人才济济，基本用不着他操心，他只需等候班干部告知评奖获胜消息。

班主任管理班里工作几近"无为而治"，他有空就到学生宿舍来邀学生下下棋，和学生相处得特好。

学校特别爱惜这批学生，总宣传恢复高考不易，要大家以复兴国家文化、科学、教育为己任，刻苦学习。

学校的老师教学特别认真，不少教授从外地调回来不久，特别珍惜失而复返的讲坛，讲稿写成厚厚的一摞，讲课眉飞色舞，格外投入。

由于当时大学教材出版不多，学习用书很多是印发老师自编的讲义。尽管图书资料不多，但是学生们学习上进，上课认真记笔记，讨论抢着发言，课后忙着查阅资料，忙得不亦乐乎。

1977级、1978级学生每天都在图书馆争抢座位，阅览室里坐满了人，却听不见说话声，谁要走动借书，也是踏着脚尖，生怕弄出声响来，影响其他的同学。

每天清晨，校园到处都是琅琅的读书声。傍晚时分，操场上三三两两的学生围坐着，在那儿热烈地讨论问题。每当期末考试来临，"老三届"学生总是早早地把一个学期的功课翻个透，熟得考试时个个题目都能对答如流，考后连哪道题目的小数点疏漏了都清清楚楚。

在1977级、1978级学生中还有一个特殊的情况：党的十一届三中全会召开后，农村实行家庭联产承包责任制，大多数来自农村的"老三届"学生家庭分有责任田。

班主任十分同情、体贴这批学生，每年春种秋收时，"老三届"学生请假，他都毫不犹豫地同意。

王显槐就是其中一个。他家有十多亩责任田，而他是主要劳动力。每个学期，王显槐都要请一个星期的假回家忙春种或秋收，平时的田间管理便交付给妻子打理。

王显槐个头小，身子瘦，皮肤黑，每次忙完农活返校，显得更瘦更黑，简直像个黑人，很让班上同学心疼。

当时王显槐家买不起牛，水田犁耙活儿都是王显槐趁别人家的牛稍闲时借来用。有时便叫妻子带着稍大点儿的孩子用绳在前面拉着犁，就这样对付着种田。

插秧也很难。为了不插"五一"秧，妻子把9岁、7岁、5岁的三个孩子鼓动起来，用绳子从田这头牵到那头，要他们沿着绳子栽下禾苗。在水田里，孩子们一行行牵绳栽禾，浑身都沾满了泥。尤其是5岁的儿子，连头发上都是泥巴，活脱脱成了个小泥猴。

夏收夏种为抢季节，妻子就买好饼干，每收割一茬水稻时，便放几块饼干在对面田埂上，把稻子划成一块块分配给孩子们，告诉他们割到田头了就有饼干吃。孩子们平时难得见到饼干，于是就踊跃地跟着妈妈割水稻。

割完后，孩子们便围着打禾机团团转，一把一把抱来割下的稻子，帮爸爸和妈妈踏打禾机脱粒。

一家人就这样劲往一处使，汗往一处流，辛辛苦苦地在田里干着。王显槐说，农活累还不打紧，最难是生活太苦。刚进大学那个中秋节，王显槐兴冲冲地回家团聚，岂知到家时正坐月子的妻子，竟发愁中午没米下锅。

当时农村实行粮食定量，生产队到月按各家人口发稻谷，谁家这个月粮食不够吃，得找大队长批字才可以预领下月的口粮。当时口粮标准很低，家家都是用青菜、萝卜、红薯、芋头拌米饭，勉强对付着过日子。

那天，幸亏有位工人朋友来看王显槐，接济给他们一点大米，才让全家人过节没饿肚子。

记得有一年春节后开学，为了省下7元车费，王显槐趁便搭乘一辆东风货车回学校。

　　春寒料峭,王显槐从夜半到天亮,近6个小时缩在车斗里,冻得用车上的帆布紧紧地裹住全身。到省城时,他的身子几乎冻成了冰棍,竟至站不起来了。

　　那一年,王显槐4个孩子嗷嗷待哺,还要给老五治病,大年三十他们家连半斤酱油都买不起。但是,尽管这样,他们这些"老三届"学生依旧读着大学,熬过一年又一年,硬是完成了学业。

　　大学毕业那年,王显槐把毕业证和学位证捧到妻子面前,说:"我终于毕业了!"

　　妻子把它们紧紧地贴在胸口,扑簌地流下了眼泪。

　　"老三届"们就是这样读完大学,走上了祖国各行各业的建设岗位。

本书主要参考资料

《国史全鉴》 本书编委会编 团结出版社

《共和国五十年珍贵档案》 中央档案馆编 中国档案出版社

《中国现代史资料选辑》 彭明主编 中国人民大学出版社

《共和国开国岁月》 张国星 何明著 中共党史出版社

《风云七十年》 郭德宏主编 解放军文艺出版社

《共和国要事珍闻》 郑毅 李冬梅 李梦主编 吉林文史出版社

《中南海三代领导集体与共和国科教实录》 岳庆平主编 中国经济出版社

《中国恢复高考三十年思考》 杨晓升编著 文汇出版社

《邓小平决策恢复高考讲话谈话批示集》 中共中央文献研究室编 中央文献出版社

《高考年轮》 马国川 赵学勤著 新华出版社

《我的高考》 《中国教育报》编辑部编 人民教育出版社